Andre Pfeifer

Naterra

Das Buch von Terr

AF235894

Andre Pfeifer wurde 1968 in Weimar geboren und wohnt in Thüringen. Aber sein wahres Leben findet nicht daheim statt, denn auf zahlreichen Reisen von Alaska bis Australien entdeckte er seine Liebe zu Natur und Abenteuer, die nun in seine Romane einfließt.

Andre Pfeifer

Naterra

Das Buch von Terr

Naterra – Die Schwerter der vier Elemente (2009)
Naterra – Das Buch von Terr (2011)
Naterra – Die Schwerter von Terr (2015)
Naterra – Der Stein von Samah (2022)

Es ist nicht unbedingt nötig die Bücher in der
Reihenfolge ihres Erscheinens zu lesen.

Bibliografische Information der Deutschen Nationalbibliothek:
Die Deutsche Nationalbibliothek verzeichnet diese Publikation
in der Deutschen Nationalbibliografie; detaillierte bibliografische
Daten sind im Internet über www.dnb.de abrufbar.

© 2011 Andre Pfeifer
3. Auflage 2022

Gestaltung, Satz und alle Bilder:
Andre Pfeifer

Herstellung und Verlag:
BoD – Books on Demand, Norderstedt

ISBN 978-3-7557-0973-2

Für meine Tochter Nicole,
die nun erwachsen ist,
mit den Worten von Jack London:

Hast Du einmal reine Erhabenheit erblickt
neben der nichts bestehen kann,
Bilderbuchkulissen in Hülle und Fülle,
große, den Himmel berührende Berge
im Glanz der untergehenden Sonne,
schwarze Schluchten,
in denen Stromschnellen tosen?

Hast Du einmal das Tal der Träume durchwandert,
durch das sich der grüne Strom zieht,
die Weiten nach etwas verlorenem durchstreift?

Hast Du einmal Deine Seele ans Schweigen
geknüpft?

Dann geh um Himmels willen hin und tue es.
Höre auf die Herausforderung,
lerne die Lektion,
zahle den Preis.

Liebe Leser!

Ich bin seit jeher von den Bergen fasziniert, von der Einsamkeit dort oben und der Möglichkeit jederzeit ein Abenteuer zu erleben. Und so ist die Geschichte in diesem Buch eine Achterbahnfahrt durch die Bergwelt. Sie beginnt langsam, aber wichtig ist, dass sie immer schneller wird, bis zum großen Finale. Wer möchte, kann bei Lisanns Geheimnis auf Seite 33 einsteigen, denn auch ich habe mit dem Schreiben dort angefangen, da ich das Ende nicht erwarten konnte.

Die Geschichte spielt zu großen Teilen an Originalschauplätzen in den deutschen und französischen Alpen. Andere Teile spielen in einer Traumwelt, die ich Naterra nenne. Denn wo sind wir, wenn wir träumen?

In anderen Welten, von denen es unendlich viele gibt.

Naterra ist eine dieser Welten. Sie hat ihren eigenen Zeitfluss, manchmal schneller, manchmal langsamer als unsere Welt. Und Magie und geheimnisvolle Kräfte durchdringen zauberhafte Landschaften, die von Wesen bewohnt werden, von denen wir eben nur träumen können.

Andre Pfeifer
März 2022

Inhalt

Erster Teil: Deutsche Alpen
Blick von der Zugspitze

Höllentalferner

In die Berge

„Nein!" Anja-Enola-Sarah erwacht mit einem Schrei.

Schnell atmend richtet sie sich auf. Schweißgebadet schaut sie sich um. Sie ist zu Hause. Da sind ihre Kuscheltiere, dort ist ihr Malzeug auf dem Schreibtisch, daneben liegt ihre Flöte. Ihr Blick schweift über die Bücher auf dem Regal zum Bild einer Wespe über ihrem Bett. Vor dem Fenster neigen sich Bäume im Wind. Regen peitscht gegen das Glas. Enola denkt an ihren Traum.

Ein Klopfen reißt sie aus ihren Gedanken. Sie blickt zur Tür. „Ja."

Ihr Vater schaut herein. „Guten Morgen, Enola. Wir müssen bald los." Er will wieder gehen, aber etwas scheint nicht zu stimmen. „Alles klar? Enola?" Langsam tritt er an ihr Bett heran. Geduldig sinkt er auf die Knie. Er hat gelernt, ruhig zu bleiben, seit er mit den Kindern allein lebt. Sie erzählen von selbst, was sie bedrückt.

„Ich hatte einen Traum." Enola sieht ihren Vater unruhig an. „Aber er war Wirklichkeit. Mir ist, als hätte ich all das erlebt. Ich war in einer Zauberwelt ..."

Und sie erzählt von einer Wespe, die sie zu einem See führte. Enola konnte auf dem Wasser des Sees laufen. In einem Wasserfall, der in den See stürzte, schwebte ein Zauberschwert. Ihr gelang es, das Schwert zu holen. Mit diesem magischen Schwert konnte sie ganz allein eine Armee dunkler Krieger besiegen. Aber mit dem Dämon, der die Armee geschickte hatte, wollte sie nicht mehr kämpfen. Sie hatte einen besseren Weg gefunden, um ihn zu besiegen …

Polternd kommt ihr Bruder ins Zimmer. „Müsst ihr nicht los? Oder geht ihr nicht, bei dem Regen?"

Enola sieht den Störenfried vielsagend an.

Ihr Vater steht auf. „Finn hat recht, erzähl mir das Ende während der Fahrt. Einverstanden?"

„Ist gut." Enola springt aus dem Bett und geht zu dem Hocker, auf dem ihre Sachen liegen.

„Und du willst deine Schwester auf ihrer Geburtstagstour wirklich nicht begleiten?"

„Gib dir keine Mühe, Papa, ich steige auf keinen Berg, auf den Seilbahnen hinauffahren, selbst wenn es Deutschlands höchster ist. Zu viele Menschen da oben."

Enola deutet mit dem Kopf zum Fenster. „Bei dem Wetter fährt da niemand hoch."

Aber Finn und ihr Vater haben das Zimmer bereits verlassen. Enola hört sie etwas von „sturmfrei" reden und von „Oma und Opa". Betrübt sieht sie aus dem Fenster. Der Regen wird ihnen doch nicht ihre Tour vermasseln?

*

Es regnet die ganze Fahrt über ein wenig. Enola erzählt ihren Traum zu Ende. Dann unterhalten sie sich über die nächsten Gipfel, die sie besteigen könnten.

Dreimal hören sie den Wetterbericht, dreimal ist von schönem Herbstwetter die Rede. Einzig in den Bergen solle es einige Wolken geben. Aber dass diese Wolken Regen bringen ist nicht gerecht.

In Garmisch–Partenkirchen biegt Enolas Vater in eine Tankstelle ein. „Wir tanken gleich wieder voll. Wenn wir zurückfahren ist Wochenende. Jetzt ist der Sprit noch günstig." Geld ist immer knapp, aber irgendwie vermag es Enolas Vater für ihre Touren genügend davon zusammenzukratzen.

Als sie wieder in den Regen hinausfahren, sieht Enola ihren Vater hoffnungsvoll an. „Wir gehen trotzdem, ja?"

„Klar, soweit uns das Wetter kommen lässt. Im unteren Teil ist es nicht gefährlich. Da können wir jederzeit umkehren. Und das werden wir, falls es übel wird. Einverstanden?" Er schaut kurz zu Enola hinüber.

„Einverstanden." Hoffnungsvoll blickt sie durch die nasse Scheibe zum Himmel. Den Hauch der fremden Magie, die sich in diesem Moment entfaltet, kann sie nicht spüren. Es kommt Enola wie ein glücklicher Zufall vor, dass der Regen in dem Moment aufhört, als ihr Vater ihren alten Daihatsu Feroza in Hammersbach auf dem großen Parkplatz am Rande des Wettersteingebirges stoppt. Enola schnürt ihre Wanderschuhe und beobachtet, wie ihr Vater seinen Eispickel und ein Bergseil am Rucksack befestigt. Er schaut auf seine Uhr, greift nach Kompass, Karte und Handy und verschließt die Autotüren. Dann wirft er schwungvoll seinen Rucksack auf den Rücken, hilft Enola ihren aufzusetzen und bald folgen sie dem Hammersbach stromaufwärts.

Das Wetter scheint zu halten, was der Wetterbericht verspricht. Enola kann durch das dichte Blätterdach des Waldes ab und zu blauen Himmel entdecken. Dann sieht sie eine schroffe Felswand, die sich bis zum Himmel erstreckt. Aus einem schmalen Einschnitt schießen die Wasser des Hammersbach heraus und prasseln über mächtige Felsen zu Tale. Hinter dem Einschnitt beginnt die Klamm, das Höllental.

Ein breites Felsband führt rechts an der Felswand entlang zum Eingang. Nachdem sie das Kassenhäuschen passiert haben, tauchen Enola und ihr Vater in die Felsenwelt der Höllentalklamm ein.

Enolas Augen folgen einem abenteuerlichen dunklen Weg, der teilweise vom Fels überragt wird. Ein Wasserfall stürzt aus großer Höhe in die Schlucht, die der tosende Wildbach in Tausenden Jahren in das Gestein gegraben hat. Fasziniert bleibt Enola stehen. Seit sie sieben Jahre alt ist, wünscht sie sich zum Geburtstag keine Geschenke, sondern eine Tour. In den ersten Jahren waren es Fahrradtouren, doch dann führten ihre Wünsche in die Berge auf die Gipfel der Alpen. Sie dreht sich zu ihrem Vater um. „Wirklich ein Höllental."

„Der Name kommt nicht von Hölle, sondern von aushöhlen. Dieser Weg wurde vor über hundert Jahren vom Alpenverein Garmisch–Partenkirchen gebaut. Ihr damaliger Vorsitzender war Bauingenieur und entwarf die Brücken und Tunnel, die wir gleich passieren

13

werden. Und weißt du, was das Bemerkenswerteste ist? In fast vier Jahren Bauzeit gab es keinen einzigen Unfall, obwohl auch gesprengt werden musste."

Enola hört kaum noch zu. Auf ihrem Gesicht spürt sie den feinen Niesel, den ein leichter Windzug aus dem Wasserfall reißt. Treppenstufen führen unter dem Wasserfall hindurch zu einem Tunnel. Dahinter erblickt sie eine Brücke, die auf die andere Seite der Schlucht führt, über die brodelnden Wasser des ungestümen Baches hinweg. Nach einer weiteren Brücke folgen mehrere dunkle Tunnel.

Ihr Vater erzählt nebenbei aus der Zeit seiner Jugend. „Die Geländer und die Holzplanken der Brücken werden im Spätherbst abgebaut, damit sie von Lawinen und dem Frühjahrshochwasser nicht beschädigt werden. Im April musste ich damals hangelnd und kletternd über die Eisengestelle der Brücken meinen Weg suchen …"

In der Mitte der Klamm zeigt Enolas Vater nach oben. „Das ist der Stangensteig. Man kann auch auf diesem Weg ins Gebiet der Zugspitze gelangen, falls die Klamm unpassierbar ist oder man sie umgehen möchte."

Überrascht entdeckt Enola eine Brücke, die weit oben die Schlucht überquert. „Gehen wir dort auf dem Rückweg lang?"

„Ich hoffe nicht." Enolas Vater schmunzelt. „Du wirst sehen, dass der Aufstieg auf die Zugspitze von hier aus schwierig ist. Wir nehmen bergab den leichten Weg über das Reintal."

Während ihr Vater voran geht, schaut Enola noch einmal in die Höhe. Sie entdeckt eine Gestalt, die auf der Brücke steht und herabsieht. Die Brücke ist zu weit oben, als dass Enola Einzelheiten erkennen könnte, aber sie hat mit einem Mal ein eigenartiges Gefühl. Sie fühlt sich beobachtet. Sie fühlt sich verfolgt. „Papa?"

Aber ihr Vater ist zu weit voraus, um ihre Stimme neben dem Tosen des Baches zu hören.

Enola blickt wieder hinauf und sieht, wie sich die Figur nach links entfernt. Sie holt ihren Vater ein. „Wenn man auf der Brücke nach links geht, ist das der Weg nach oben oder nach unten?"

Ihr Vater muss nicht überlegen. Zu oft ist er früher hier unterwegs gewesen. „Nach oben. Wieso?"

„Da war eine Gestalt. Sie ging nach links. Können wir sie einholen?"

„Möglicherweise. Am Ausgang der Klamm treffen sich die beiden Wege. Aber weshalb?"

„Ich möchte mal fragen, wie der Weg da oben ist." Schon läuft Enola voraus.

Ihr Vater spürt, dass das nicht die ganze Wahrheit ist. Er hat plötzlich ein seltsames Gefühl. Seit seiner Jugend ist er in den Bergen unterwegs. Er hat sie stets unbeschadet verlassen, weil er seiner inneren Stimme vertraute. Manchmal hat er aus dem Gefühl heraus eine Tour abgebrochen und stellte dann fest, dass das Wetter sich nicht verschlechtert hatte. Schlechtes Wetter ist der größte Feind des Bergsteigers, aber nicht der einzige. Aufmerksam blickt er sich um.

Als sie die Kreuzung erreichen, an der der Stangensteig auf ihren Weg trifft, ist niemand zu sehen. Bis zur Höllentalangerhütte sind sie allein unterwegs. Sie lassen die Hütte zu ihrer Linken und überqueren den Hammersbach auf schmalen Holzsteigen.

Enola kann sich nicht vorstellen, dass dieses Bächlein unten im Höllental zu einer reißenden Urgewalt wird, die Landschaften verändert. Sie folgt dem Bachlauf mit den Augen und betrachtet dann die schöne Berghütte. Sie hätte gern dort übernachtet, aber sie hatten nie genügend Geld dafür. Andererseits freut sie sich auf ihr Biwak, eine Übernachtung unter freiem Himmel, weiter hinten im Tal.

Alpenglühen

Das schönste an einem Biwak ist, dass man im warmen Schlafsack liegenbleiben und den Morgen erleben kann, ohne aufstehen zu müssen.

Enola hört Vogelgezwitscher. Sie sieht, wie die letzten Sterne am Himmel verblassen. Die schroffen Umrisse der Berge, die das Höllental formen, heben sich vor den rötlichen Wolken im Osten ab. Dann bricht die Sonne durch die Wolkendecke und die Felsen über Enolas Kopf beginnen rot zu leuchten. Das Alpenglühen! Enola richtet sich auf und schaut sich um. Der gesamte Talkessel spiegelt das Sonnenfeuer wider. Das Rot wird kräftiger und den Felsen gelingt es für eine Weile, diese Farbe zu halten. Aber die Sonne steigt schnell höher. Die Farben verblassen, der Zauber ist vorbei. Einzig Enolas Gesicht strahlt noch immer. Das Glück, so etwas zu sehen, hatte sie noch nie. Was für ein Start in den Tag! Ihr Bruder wird staunen, wenn sie es ihm erzählt.

Ihr Blick fällt auf den Schlafsack ihres Vaters. Er ist leer. Enola sucht die nahe Umgebung ab. Nichts. Vielleicht ist er auf Toilette. Aber die kleine Schaufel, um für diese Zwecke ein Loch zu graben, ist noch an seinem Rucksack befestigt. Enola steigt aus dem Schlafsack in ihre kalten Schuhe. Immer wieder sieht sie sich um und lauscht. Sie kramt ihre Jacke aus dem Rucksack, zieht sie an und entdeckt unverhofft ihren Vater. Er kommt durch kniehohes Gestrüpp auf ihr Lager zu und hat in jeder Hand eine Wasserflasche.

„Hast du es gesehen, Enola?"

„Ja! Es war wunderschön. Wo warst du so lange?"

Ihr Vater hebt die beiden Wasserflaschen auf Brusthöhe und schmunzelt. „Der Bach ist weit unten."

„Wieso hast du mich nicht geweckt? Ich hätte das Alpenglühen verpassen können."

„Tief in unserem Herzen besitzen wir ein Gefühl für unsere Umgebung. Wir sind hier draußen, damit du dieses Gefühl in dir entdeckst. Wenn du rechtzeitig aufgewacht bist, ist das ein gutes Zeichen." Er umarmt seine Tochter, hebt sie hoch und wirbelt sie ein wenig hin und her. „Alles Gute zum Geburtstag!" Ihr Vater lässt Enola wieder auf den Boden gleiten. „Und hier ist dein Geschenk!" Er beschreibt mit seinem Arm einen weiten Bogen. „Diese Berge gehören heute dir."

Schweigend betrachten sie das Alpenpanorama für eine ganze Weile.

Dann wendet sich Enolas Vater ihrem Lager zu. „Wir gehen erst ein Stück und machen dann richtig Frühstück, einverstanden?"

„Ja, ist gut. Und ... danke!"

Ein Biwak ist schnell zusammengeräumt. Schlafsack verpacken, Isomatte zusammenrollen, alles im und am Rucksack verstauen, fertig. Essen und Zähne putzen kann man später, wenn es wärmer geworden ist. Jetzt

hilft Bewegung, die Morgenkälte aus dem Körper zu treiben. Enola folgt ihrem Vater auf einem schmalen Pfad zu einer senkrechten Felswand. Während sie gehen, versucht sie den Weg zu erkennen, der hinaufführen wird. Aber weder rechts noch links ist es weniger steil. Auch ist die Wand nicht so zerklüftet, dass sie hinaufklettern könnten. Erst als sie fast am Fels angelangt sind, erblickt Enola die großen Eisenkrampen, die gleich den Sprossen einer Leiter in das Gestein getrieben wurden. Senkrecht führt die Eisenleiter nach oben und verliert sich in der Höhe.

„Kein Problem. Du kannst dich jederzeit prima sichern." Ihr Vater hält Enola ihren Klettergurt hin.

Sie nimmt ihren Rucksack ab und steigt in die Beinschlaufen des Hüftgurtes. Geschickt schiebt sie ihn hoch und zieht die Riemen straff. Vor ihrem Bauch ist am Hüftgurt eine feste Schlaufe. Dorthinein knotet sie ihr Klettersteigset, das aus zwei kurzen Seilen mit Karabinerhaken an den Enden besteht. Die Knoten hat sie schon hundert Mal gemacht, so dass alles schnell und fließend geht.

Ihr Vater ist bereits fertig und beobachtet, wie Enola ehrfurchtsvoll mit den Augen dem Klettersteig nach oben folgt. Er lässt ihr Zeit diese Steilwand zu erfassen, die Eisenstufen zu betrachten und das Vertrauen in sie zu entwickeln. Diese Eisen werden ihr einziger Halt in der Wand sein. Nach einer Weile sieht Enola zu ihm herüber. Er nickt ihr zu. „Es ist steiler und schwieriger als alles, was wir bisher irgendwo in den

21

Alpen geklettert sind. Aber es ist der schönste Weg auf Deutschlands höchsten Berg. Zieh Handschuhe an. Du steigst vor, wenn du soweit bist."

Enola zögert nicht lange. „Kann losgehen."

Ihr Vater hält ihr seine verschränkten Hände als Baumleiter hin, da die erste Stufe weit oben ist. „Ich bin gleich hinter dir."

Während Enola nach oben klettert, betrachtet ihr Vater den Himmel. Die wenigen Wolken sehen freundlich aus. Das Wetter scheint zu halten. Dann folgt er Enola mit einem gekonnten Schwung die Eisenleiter hinauf.

Aus dem Klettergarten kennt Enola den Umgang mit der Seilsicherung. Sie streckt ihren Arm nach oben und klinkt ihren Karabinerhaken in eine der Eisenkrampen. Dann klettert sie die Leiter soweit hinauf, dass sie den Karabiner, der sich jetzt an ihrem Knie befindet, noch erreichen kann. Aber bevor sie ihn löst, klinkt sie den anderen weit oben ein. So ist sie jederzeit an mindestens einem der beiden Seile gesichert.

Oben einklinken, unten lösen, klettern, die ganze Wand hinauf. Weiter, immer weiter, nur nicht an die Höhe denken, die mit jedem Schritt größer wird.

Als Enola oben ankommt, ist der Steig nicht zu Ende. Nach links ist die gesamte Wand auf in den Fels geschlagenen Eisenstangen zu queren. Sie sehen aus wie die Sprossen einer waagerecht liegenden Leiter. In Kopfhöhe beginnt ein dickes Stahlseil, das den Eisenstangen folgt. Enola klinkt sich in dieses Seil ein und atmet tief durch. Sie fühlt ihren Rucksack schwerer werden, aber eine Pause wird es erst dort drüben geben, am Ende des Eisensteiges. Enola fürchtet den Blick hinab in die schwindelerregende Tiefe. Aber sie muss nach unten schauen, damit sie die Eisenstangen nicht verfehlt. Enola umklammert das Stahlseil. Zur Ablenkung betrachtet sie die Gipfel zu ihrer Linken. Die Sonne scheint ihr ins Gesicht. Das Wetter meint es gut. Beruhigt lässt sie den Blick ins Tal schweifen. In der Ferne erblickt sie die Berghütte und sucht den Pfad, der von dort bis hierher führt. Plötzlich entdeckt sie einen kleinen Punkt, der sich von der Hütte aus auf dem Pfad in ihre Richtung bewegt. Enolas Herz schlägt schneller. Sie weiß, dass es die Gestalt von gestern ist und spürt, dass es etwas bedeutet. Die Gestalt bewegt sich schnell und sicher, irgendwie elegant. Schwer atmend starrt Enola in die Ferne.

„Enola, alles in Ordnung?" Ihr Vater ist endlich angekommen. Sein schwerer Rucksack macht ihn langsam, wenn es steil nach oben geht. Er atmet tief aus und ein. „Noch dieser Quergang, Enola, dann kommt eine ganze Weile nichts. Versuche, nur die Eisenstangen zu sehen. Schau nicht an ihnen vorbei in die Tiefe. Dann schaffst du es. Es ist nicht schwer, einfach von einer zur nächsten. Du bist doch gesichert."

Die Gestalt in der Ferne verschwindet hinter einem Hügel. Enola dreht sich zur Wand und setzt einen Fuß auf die erste Eisenstange. Nichts wackelt, nichts rutscht. Behände hangelt sie sich an dem Sicherungsseil

23

hinüber, ihre Füße Schritt für Schritt auf den Eisenstangen nachsetzend. Sie sieht nur die Ebene am Ende dieses Steiges, die Blumen, die dort blühen, das weiche Gras. Ein plötzlicher Ruck reißt sie aus ihren Gedanken. Ihr rechter Fuß rutscht ab und baumelt über dem Abgrund. Enola klammert sich mit beiden Händen am Seil fest und sucht mit dem Fuß wieder Halt auf einer Eisenstange. Ihre Seilsicherung ist hängengeblieben.

Das dicke Sicherungsseil ist an einigen Stellen im Fels verankert. An diesen Stellen rutscht ihr Sicherungskarabiner nicht weiter und hat, mit ihrem Gurt verbunden, den Ruck verursacht. Enola schüttelt den Kopf und ärgert sich. Sie setzt ihren freien Karabinerhaken hinter die Verankerung und löst den anderen davor. Noch einmal passiert ihr das nicht. Fehlerfrei steigt sie den restlichen Weg durch die Wand. Dann sitzen sie auf der kleinen Felswiese und frühstücken.

„Ist das die Gestalt von gestern?" Enolas Vater zeigt ins Tal.

Enola kaut ihr Müsli hinunter und nickt. „Ja."

„Es ist eine Frau, so fließend, wie sie sich bewegt. Wenn sie auch auf die Zugspitze geht, wird sie uns einholen. Dann können wir das Rätsel lösen."

Während Enola ihre Zähne putzt, beobachtet ihr Vater die Frau, die ihnen folgt. Er hat ein seltsames Gefühl. Nachdenklich sucht er am Himmel nach Zeichen für einen Wetterumschwung. Er kann keine finden. Aber woher kommt dann das komische Gefühl?

Über den Gletscher

Nun passieren sie leicht ansteigende, endlos scheinende Geröllfelder. Weit vor ihnen liegt ein kleiner Gletscher, zerfurcht und schmutzig grau.

Enolas Vater bleibt stehen. „Das ist alles, was vom Höllentalferner übrig ist. In wenigen Jahren wird er verschwunden sein, abgetaut im Klimawandel." Traurig erzählt er aus der Zeit seiner Jugend, als dieser Eispanzer schneeweiß war und sich bis zu der Stelle erstreckte, an der sie jetzt stehen. „Alle Gletscher der Alpen werden in 200 Jahren verschwunden sein."

„Können wir nichts dagegen tun?"

„Fahrradfahren, Energie sparen, genügsam leben und nur das kaufen, was man wirklich braucht. Aber auch wir fahren mit dem Auto hierher. Die technischen Möglichkeiten das Klimachaos zu bremsen sind vorhanden, aber das Geld regiert unsere Welt, nicht die Vernunft." Er deutet nach vorn. „Siehst du die Stangen am Gletscherrand? Messgeräte, um den ganzen Gletscher herum. Das ist die Wissenschaft. Anstatt die Ursachen zu bekämpfen, wollen die erstmal wissen wie schnell der Gletscher taut. Sie wollen herausfinden, wie lange wir weitermachen können mit dem Geldverdienen auf Kosten der Umwelt?" Nachdenklich verstummt Enolas Vater.

Dann zeigt er über den Gletscher. „Rechts an der Felswand ist wieder so eine Eisenleiter wie vorhin. Wir steigen den Gletscher aber erst in seiner Mitte hinauf."

Enola hat viele Fragen und sie gehen nebeneinander über das Geröll auf den Gletscher zu.

Dort nimmt Enolas Vater seinen Rucksack ab und befestigt ein langes Bergseil mit einem Achterknoten an Enolas Klettergurt. Er knotet drei weite Schlingen in die Mitte und das Ende an seinen Gurt. „Ich gehe vor. Wichtig ist, dass das Seil zwischen uns immer straff ist. Hier wird zwar nichts passieren. Alle Spalten sind gut zu erkennen und sie sind nicht mehr so tief wie früher. Aber wir wollen ja später auf andere Gletscher, also ist ein wenig Übung nicht verkehrt."

Der Gletscher ist nicht steil. Die Spur unzähliger Bergsteiger ist gut zu erkennen. Enola hat keine Mühe ihrem Vater durch den krümeligen Schnee zu folgen. Nach einer Weile sieht sie, wie er stehen bleibt und nach links schaut. Enola nimmt das Seil, das sie verbindet, Schlinge für Schlinge in die Hand und geht auf ihn zu.

Ihr Vater betrachtet die Berge, die den Gletscher einkesseln, dann den Himmel, dann seine Tochter. „Enola, warte! Das Seil zwischen uns hilft nur etwas, wenn es straff ist."

„Schon klar. Ist irgendetwas dort drüben?"

„Keine Ahnung. Lass uns mal hinübergehen, zu den großen Spalten am Gletscherrand."

„Aber wir müssen nach rechts!"

Doch ihr Vater geht schon los. Enola gibt das Bergseil Schlinge für Schlinge wieder frei und folgt seinen frischen Spuren. Ein eigenartiges Gefühl steigt in ihr auf. Sie kann es nicht deuten, aber sie fühlt sich unbehaglich, je näher sie der größten Gletscherspalte kommen. Der Rand der Spalte ist abgerundet. Schmutziggraues blankes Eis. Ihr Vater steht an der Kante und winkt sie heran. Dann starrt er wieder in die Tiefe.

Was soll dort unten sein? Zögernd tritt Enola an den Abgrund heran. Sie erkennt bizarre Eisformationen und riesige Bruchstücke, die von der Spaltenwand abgebrochen sind und sich in der Tiefe übereinander stapeln. Darunter liegt dunkles Geröll. Ist das der Grund des Gletschers? Ist das Eis nicht dicker? Es ist nicht einmal die halbe Länge ihres Sicherungsseils. Und Enola weiß, dass ihr Seil nur dreißig Meter lang ist.

Ihr Vater scheint ihre Gedanken zu erraten. „Er ist nicht mehr sehr dick, dieser Höllentalferner." Er wendet sich von der Spalte ab und schaut über den Gletscher zur gegenüberliegenden Felswand. „Kehren wir zu unserem Weg zurück."

Enola entdeckt unten am Gletscherrand die Frau wieder. Sie kommt nicht den Schneepfad in der Mitte herauf, sondern geht schnurgerade vom Geröllhang auf die Felswand zu. Enola sieht, wie sie die großen Spalten, die sich auch am rechten Rand des Gletschers gebildet haben, einfach überspringt. Sie wird in Kürze am Einstieg sein. Es scheint Enola, die Frau wolle sie und ihren Vater einholen. Tatsächlich kommt sie zur selben Zeit am Fels an wie Enolas Vater. Die beiden reden miteinander.

Enola beeilt sich, näherzukommen. Die Frau ist jung. Sie hat ihre dunklen Haare wie Enola zu einem Zopf geflochten. Allerdings sieht der nicht so struppig aus wie ihr eigener. Auf der Berghütte scheint es große Spiegel zu geben. Enola holt eine Mütze aus ihrer Jackentasche und bleibt schlagartig stehen, als die junge Frau sie anspricht.

„Du brauchst dein Haar nicht zu verstecken. Wir sind doch in der Wildnis." Dabei sieht sie Enola freundlich an und streckt ihr die Hand entgegen. „Ich bin Lisann."

Verdutzt schiebt Enola die Mütze in die Tasche zurück, geht auf die Frau zu und ergreift ihre Hand. Ihr Vater meint immer, ein Händedruck verrät einiges über den Menschen, dem man begegnet. Enola spürt einen festen Händedruck, aber sie ist völlig durcheinander und starrt zu Boden. War das bloß Zufall mit dem Gedanken an ihr Haar. Dann spürt sie den Blick ihres Vaters auf sich. „Ich bin Enola. Eigentlich Anja-Enola-Sarah. Ich habe mich für den Namen in der Mitte entschieden." Der Spaß mit ihren drei Namen lässt sie wieder locker werden. Sie blickt Lisann an und lächelt.

„Ich heiße Hans." Auch Enolas Vater schüttelt Lisann nun die Hand.

Ihr Blick wandert fröhlich von Hans zu Enola zurück. „Ihr kommt gut voran. Wollt ihr zum Gipfel?"

„Klar." Enola nickt zuversichtlich und schaut dann zum Himmel, als ob sie sich vergewissern möchte, dass das Wetter auch mitspielt. „Sie auch?"

„Nein, aber sag ‚du' zu mir, da komme ich mir nicht so alt vor."

„Wie alt sind … äh, bist du denn?"

„Sechsundzwanzig. Und du bist vierzehn?"

„Dreizehn. Ab heute."

Lisann wirkt überrascht und erfreut zugleich. Sie schaut kurz zu Hans, der das Bergseil zusammenlegt und im Rucksack verstaut, dann wieder zu dem Mädchen. „Und ihr feiert hier deinen Geburtstag?" Dabei folgt sie mit den Augen der Eisenleiter am Fels nach oben. „Na dann, alles Gute!" Sie schüttelt erneut Enolas Hand.

„Kommst du mit hinauf?"

Enolas Vater sieht seine Tochter überrascht an. Sie ist doch sonst nicht so offen, Fremden gegenüber. Aber war Lisann nicht auch ihm sofort vertraut, als würde er sie kennen? Könnte sie die Frau sein, die mit ihm und seinen zwei Kindern klarkäme? Der Rest ihrer Antwort reißt ihn aus seinen Gedanken.

„… ich muss im Eis etwas untersuchen."

„Bist du so eine Art Wissenschaftlerin?"

Lisann zögert. Dann umgeht sie Enolas Frage. „Ihr seid auf dem Gletscher vom Weg abgewichen und zu der großen Spalte dort drüben gegangen. Wieso?" Während der Frage wendet sie sich an Hans und sieht ihm in die Augen.

Er weicht ihrem Blick aus. „Ich weiß es nicht. Es war so ein Gefühl. Als ob dort etwas wäre, aber … wir müssen jetzt weiter. Einen schönen Tag noch!" Er sieht sie nicht noch einmal an und klettert durch den Bergschrund vom Eis hinüber zum Fels. „Enola komm, du steigst wieder vor."

Lisann scheint es, als laufe er vor ihr weg.

Enola sieht die Enttäuschung und unzählige Fragen in Lisanns Gesicht. „Meine Mutter ist nach Australien gegangen. Sie ist Geologin. Mein Vater kann Wissenschaftler nicht leiden."

„Enola!" Ihr Vater klingt ungehalten.

„Also, ich muss jetzt los, tschüs!"

„Ja, servus! Und alles Gute!" Lisann beobachtet, wie Hans seiner Tochter hilft, die unterste Sprosse der Leiter zu erreichen. „Wenn ihr die Leiter hinauf seid, wendet euch nach rechts. Etwa fünfzig Meter weiter beginnt das Sicherungsseil, das bis zum Gipfel führt. Seid vorsichtig auf dem Rückweg. Vom Seil zur Leiter klettert man oft zu weit nach unten, aber dort ist die Wand sehr steil und …"

Hans unterbricht sie, ohne hinüber zu schauen. „Ich war schon mal hier. Und wir steigen auf der anderen Seite ab." Seine Stimme klingt kalt.

„Papa, es reicht jetzt! Was hat sie dir getan?" Enola ärgert sich maßlos. Wütend klettert sie die Leiter hinauf, ohne ihre Seilsicherungen zu benutzen.

Ihr Vater folgt ihr ebenso schnell. „Kein Grund, die Sicherung nicht zu nehmen!"

„Kein Grund, so unfreundlich zu sein!"

„Ach, es ist immer dasselbe. Sie sind so intelligent und denken, sie wissen alles über dich oder die Welt. Diese Wissenschaftler denken, wir seien das wichtigste auf Erden. Aber das sind wir nicht! Alles geht auch ohne uns, seit Millionen von Jahren. Nur können sie es nicht hinnehmen. Sie wollen bestimmen, sie wollen verändern. Sie wollen den Klimawandel wegdiskutieren. Sie nehmen Proben im Eis und beweisen, dass es Klimaveränderungen schon immer gegeben hat, auch ohne uns. Aber es ist einfach eine Tatsache, dass wir Schuld sind. Die Gletscher verschwinden unseretwegen. Da hilft es nicht, im Eis etwas zu untersuchen …"

„Aber vielleicht ist Lisann anders. Sie … Du weißt doch gar nichts über sie. Vielleicht …"

Ihr Vater unterbricht sie mit leiser Stimme. „Ist ja gut. Ich weiß, dass es eine ganze Reihe von guten und ehrlichen Wissenschaftlern gibt …" Er hält inne. Er möchte jetzt nicht darüber reden. „Lass uns weitergehen. Komm, hier entlang."

Lisanns Geheimnis

Lisann blickt Enola und Hans traurig hinterher. Sie beobachtet, wie sie das Stahlseil erreichen und an ihm nach oben klettern. Sie bewundert Enola und denkt daran, dass sie selbst als Mädchen mit ihrem Großvater hier unterwegs war. Er hat sie in die Berge geführt und dann ist er gestorben und hat ihr eine Aufgabe hinterlassen. Eine Aufgabe, die sie allein kaum bewältigen kann. Aber die beiden, von denen sie Hilfe erhofft hatte, klettern in weiter Ferne eine steile Felswand hinauf. Als Enola und ihr Vater nur noch zwei winzige Punkte im endlosen Felsmeer sind, dreht sich Lisann um und geht über den Gletscher auf die riesige Spalte zu, vor der auch Enola und Hans standen.

Wieso sind sie vom Weg abgewichen und genau dorthin gegangen? Haben sie es gespürt? Und dann haben sie nichts gesehen und ihr Gefühl wieder verdrängt. Aber Lisann weiß, was dort in der Gletscherspalte verborgen ist. Und heute wird sie herausfinden, ob ihr Großvater recht hatte mit seiner Geschichte. Der Gletscher taut. Er wird kleiner und kleiner und langsam wird es Zeit, die Aufgabe zu erfüllen.

Lisann erreicht den Rand der großen Spalte und blickt hinab. Es ist nicht tief. Die Spaltenwand ist zerklüftet. Sie wird problemlos Halt finden, wenn sie

hinabklettert und wieder herauf. Aber sie tut es nicht. Sie sitzt am Rand der Gletscherspalte und blickt gedankenverloren in den Abgrund. Wie oft war sie schon hier! Jedes Mal kehrte sie wieder um, weil sie fürchtete, sie könne versagen, weil sie Angst vor dem bekam, was dort unten liegt. Und auch jetzt verlässt sie der Mut.

„Du kannst niemandem trauen." Oft hatte ihr Großvater das gesagt. „Du musst das allein machen, ganz allein."

Aber sie kann es nicht allein. Lisann steht auf und betrachtet die mächtige Flanke der Zugspitze. Dort oben sind die beiden unterwegs, die ihr vielleicht geholfen hätten. Sie sind anders als die meisten Menschen. Niemand biwakiert mit einem Kind hier draußen. Niemand wünscht sich zum Geburtstag eine Bergtour. Enola und Hans wären die Richtigen gewesen, um ihr zu helfen. Das spürt sie. Aber sie sind weitergegangen.

Enttäuscht blickt Lisann zu Boden. Der grießige Schnee zu ihren Füßen glitzert nicht mehr. Sie schaut auf. Die Sonne ist verschwunden. Eben war der Himmel noch blau. Jetzt sieht sie graue Wolken, die sich zu einer dunklen Bedrohung auftürmen. Sie sammeln sich um den Gipfel der Zugspitze. Der Berg ist nicht mehr zu sehen. Die Wolken verhüllen auch den Felsgrat, der zum Gipfel führt. Sie bewegen sich rasch, als ob ein Sturm aufziehen würde.

Hier unten ist es windstill. Hier bieten die Felswände Schutz, zwischen denen der Gletscher liegt. Aber dort oben? Aufgewühlt denkt Lisann an Enola und Hans.

Sie sind mitten in den Wolken, mitten in einem Wetter, das es laut Wetterbericht gar nicht geben dürfte. Lisann schaudert. Sie dreht sich um und starrt in die Gletscherspalte. Sollte es wahr sein? Ihr Großvater hat sie nie belogen. Er hat nie irgendwelche Märchen erzählt. In diesem Moment wird Lisann bewusst, dass keine Zeit ist noch länger zu warten. Der Gletscher verliert an Macht. Seine Kälte genügt nicht mehr, um …

Ängstlich schaut Lisann wieder zum Zugspitzgrat. Enola und Hans müssen umkehren. Sie werden gezwungen, umzukehren. Gezwungen von …

Regentropfen treffen Lisanns Gesicht. Wind kommt auf. Die Wolken hängen tiefer. Sie verhüllen schon den oberen Teil des Gletschers. Der Regen nimmt zu. Lisann stürzt zu ihrem Rucksack. Mit eiligen Bewegungen holt sie ein Zelt heraus und baut es auf. Der Wind reißt ihr das Zelt beinahe fort. Er ist stärker geworden. Heringe sind zu kurz und würden keinen Halt im Schnee finden. Lisann setzt ihren Eispickel in eine Zeltschlaufe und wuchtet ihn durch Schnee und Firn bis hinunter in das Eis. In zwei andere Schlaufen schiebt sie die Wanderstöcke und drückt sie mit dem Gewicht ihres Körpers in den Firn. Das Zelt zittert im Wind, aber es steht. Sie wirft ihren Rucksack hinein. Dann rennt sie über den Gletscher so schnell es ihre Bergschuhe mit den Steigeisen erlauben.

Atemlos erreicht sie die Eisenleiter am Fels. Sie schnallt ihre Steigeisen ab. Enola und Hans können noch nicht weit gewesen sein. Sie sind bestimmt umgekehrt. Lisann spürt, dass sie ihre Hilfe brauchen! Es ist nur ein Gefühl. Aber ihr Gefühl hat sie noch nie im Stich gelassen. Plötzlich hört sie Stimmen. Angespannt lauscht sie in den tosenden Wind hinaus. Sie kommen von rechts, vom Seil. Nein, von weiter unten. Oh nein …

Lisann kennt diesen Berg. Einmal hat sie sich selbst in der Dunkelheit an dieser Stelle verstiegen. Sie musste damals ja unbedingt noch zum Gipfel gehen. Dann war es zu spät geworden und in der Dämmerung stieg sie ab. Auf dem Weg vom Seil zur Leiter kam sie zu weit nach unten und musste eine steile Felswand queren, um den Eisensteig zu erreichen. Enola und Hans muss es ebenso ergangen sein.

Rasch springt Lisann zur Leiter hinüber.

Sturm

Zitternd steht Enola auf einem schmalen Felsvorsprung. Verkrampft hält sie sich am Fels fest und starrt in die Tiefe. Der Gletscher unter ihr ist im Nebel nicht zu sehen. Enola stellt sich einen bodenlosen Abgrund vor und dieser Gedanke lässt sie erstarren. Sie ist zu keiner Bewegung mehr fähig.

„Schau nicht nach unten! Enola, sieh mich an!" Ihr Vater ist neben ihr, aber er kann nicht viel tun. Er steht ebenso ungesichert auf dem Felsband. „Enola, wir müssen umkehren. Wir müssen die Felswand weiter oben queren. Aber dafür musst du dich bewegen. Hier, nimm meine Hand."

Enola bringt kein Wort heraus. Sie schüttelt mit dem Kopf. Nasse Strähnen kleben an Stirn und Wangen. Sie zittert vor Kälte und Angst.

„Es gibt noch eine Möglichkeit. Ich klettere zurück und befestige unser Bergseil an dem Stahlseil. Dann komme ich zurück und hole dich." Ihr Vater weiß, dass das keine gute Sicherung wäre, weil das Stahlseil zu weit rechts ist. Eine richtige Sicherung müsste von oben kommen. Aber er muss nicht weiter darüber nachdenken.

„Nein, geh nicht weg!" Enolas Stimme überschlägt sich. „Papa, geh nicht weg!"

„Mach ich nicht." Ihr Vater sieht sie verzweifelt an und sucht einen Ausweg. Das Wetter wird schlechter. Er schaut auf seine Uhr. Halb drei. Noch ist Zeit. Dann hört er eine Stimme aus Enolas Richtung. Aber es ist nicht die seiner Tochter.

„Enola!" Lisann taucht links von Enola aus dem Nebel auf.

Hans sieht, wie sie sich geschickt auf demselben Felsband bewegt, auf dem Enola steht. Zum Klettern benutzt sie nur die linke Hand. In der rechten hält sie den Karabiner vom Sicherungsseil ihres Klettergurtes. Aber Hans kann kein weiteres Seil entdecken, an dem sie gesichert wäre. Sie steht ebenso frei auf dem Fels wie Enola und er.

„Keine Angst Enola! In meiner Richtung liegt die Eisenleiter. Wir gehen einfach hinüber, so wie ich hierher gekommen bin, okay?"

Enola starrt sie überrascht an. Ein kurzer Anflug von Freude huscht über ihr Gesicht und dann vernimmt sie das Geräusch, mit dem Lisann ihren Sicherungskarabiner in Enolas Klettergurt einklinkt.

„Klick." Dieses Geräusch verändert alles. Enola ist gesichert. Sie ist nicht mehr dem Fels oder dem Wetter ausgeliefert. Sie ist gesichert und gesichert kann sie klettern.

„Komm mit. Bleib nah bei mir."

Lisanns Stimme klingt ruhig und so vertraut, als würde Enola sie schon ewig kennen. Also folgt sie ihr mit gewohnter Sicherheit, als ob die Sonne schiene und nicht der Wind Regen über die Berge triebe. Nur eine Stelle ist steil. Bald ist der Fels flacher und weist mehr Griffe auf. Schnell erreichen sie die Leiter.

Enola klinkt ihre eigenen Sicherungskarabiner in zwei verschiedene Eisenkrampen ein und blickt Lisann erleichtert an. „Danke, vielen Dank!"

Als Lisann ihren Karabiner aus Enolas Gurt löst, erkennt Enola, dass sie eigentlich nur mit Lisann verbunden war. Wäre sie abgerutscht, hätte Lisann sie unmöglich halten können und beide wären abgestürzt. Der Schreck holt Enola ein. Mit angehaltenem Atem starrt sie Lisann an.

„Ich wusste, dass du es schaffst." Lisann deutet nach unten. „So wie du jetzt die Leiter schaffst. Ich gehe voraus, okay?"

Enola nickt. Der Wind hat zugenommen. Regen läuft den Fels hinab. Der Klettersteig ist eiskalt. Ihre Handschuhe sind klitschnass, ihre Hände klamm. Aber es ist nicht weit. Schon kann Enola den Gletscher unter Lisann sehen. Dann schaut sie nach oben zu ihrem Vater, der ihnen folgt. Alles wird gut. Enola klettert weiter hinab. Sie beobachtet, wie sich Lisann ausklinkt und direkt von der Leiter auf den Gletscher springt. Ihr fällt auf, dass Lisann keinen Rucksack mehr trägt.

Im selben Moment hört sie ihren Vater rufen. „Wir klettern ganz nach unten!"

„Schon klar."

Lisann hilft Enola aus dem Bergschrund heraus auf den Gletscher und streckt dann Hans die Hand entgegen. Sie weiß, dass er keine Hilfe benötigt. Sie möchte nur seine Reaktion sehen.

Hans enttäuscht sie nicht. Er blickt sie prüfend an und ergreift ihre Hand. „Danke."

„Hättest du auch ohne mich geschafft, oder?"

„Ich meine nicht dafür, sondern für dort oben." Er deutet mit dem Kopf den Fels hinauf.

„Ist schon okay."

„Wo ist dein Rucksack?"

„Liegt in meinem Zelt. Braucht ihr eine Pause von Wind und Regen?" Lisann blinzelt zu den Wolken hinauf, die sie fast berühren könnte.

Hans zögert. Er blickt an seinen nassen Sachen herab. Wind treibt die Kälte hindurch. Ihm ist eiskalt, aber …

Enola antwortet für sie beide. „Ja. Wo steht dein Zelt?"

„Auf der anderen Seite."

Der Regen nimmt zu, während sie über den Gletscher hasten. Das Wetter wird zum Unwetter, der Wind zum Sturm, der Sturm zum Orkan. Enola kann das Flattern des Zeltes hören, bevor es aus dem Nebel auftaucht. Dieses kleine Zelt soll ihre Zuflucht sein.

Enolas Vater hat als erster wieder trockene Sachen an. „Wir können in diesem Sturm unmöglich absteigen." Er breitet einige Müsliriegel, Nüsse und Datteln auf seinem Schlafsack aus, den er als Art Tisch in der Zeltmitte ausgelegt hat. „Jemand hungrig?"

Lisann schaut nachdenklich zu Boden. Es kann kein Zufall sein. Enola und ihr Vater, die plötzliche

Wetterverschlechterung. Sie hat nicht ein einziges Mal an Großvaters Geschichte gezweifelt. Sie hat ihm geglaubt. Jetzt spürt sie zum ersten Mal die wirkliche Bedeutung des Versprechens, das sie ihm gegeben hat.

Sie blickt Hans an, der gerade eine Handvoll Nüsse in den Mund schiebt. „Denkst du, ihr seid zufällig hier?"

Während er kaut, sieht Hans ihr in die Augen und hat ein Gefühl, das er nicht deuten kann. Sollte Lisann doch die Frau sein, die er für sich und die Kinder sucht? Er kaut schneller. Er hat sie beobachtet. Er hat sie bewundert, wie sie Enola gerettet hat, wie sie von der Leiter auf den Gletscher sprang, wie sie seiner Tochter den Rucksack abnahm, damit es Enola leichter fiel, ihrem schnellen Lauf über den Gletscher zu folgen. Aber sie fragt nicht deshalb. Es gibt einen anderen Grund. Im Wetter war nicht viel zu erkennen, aber Hans weiß, dass dieses Zelt an der Stelle steht, an der er mit Enola in die Gletscherspalte gestarrt hat. „Ich muss im Eis etwas untersuchen." Genau das hat Lisann gesagt. Plötzlich beschleicht Hans ein beklemmendes Gefühl und obwohl er den Mund noch voll hat, lässt er seiner Frage freien Lauf. „Was ist in der Gletscherspalte?"

Lisann hat keine Wahl. Nun muss sie ihnen alles erzählen. Sie versucht so ernst wie möglich zu klingen. „Ein Buch."

Hans verschluckt sich und muss husten. Ungläubig schaut er Lisann an.

Auch Enola ist erstaunt. „Ein Buch?"

Hans sortiert die Nüsse in seinem Mund. „Was für ein Buch?"

Lisann überlegt, wie sie es ihnen erklären soll.

Ungeduldig schluckt Hans die Nüsse mit einem Mal hinunter. „Du bist hier wegen eines Buches?"

„Ja. Mein Großvater …"

In diesem Moment schüttelt ein starker Windstoß das Zelt. Die Zeltplane raschelt laut. Lisann zögert. Sie weiß einfach nicht, wie sie beginnen soll.

Aber Hans hat einen Einfall. Er kann in den unglaublichsten Situationen die lustigsten Geschichten erzählen, so dass das Unwetter, das draußen tobt, augenblicklich vergessen ist. „Dein Großvater war also vorgestern hier unterwegs. Und als er die Wand über dem Gletscher hinaufkletterte, ist ihm ein Buch aus dem Rucksack gefallen. Nun war er noch nicht fertig mit Lesen und hatte natürlich vor, bis zur letzten Seite weiterzuschmökern. Aber er wollte nicht wieder hinabklettern, um das Buch aufzusammeln. Stattdessen schickt er am nächsten Tag seine Enkelin, die ihm das Buch aus der Gletscherspalte holen soll. Aber sie schafft es nicht allein und zaubert ein Unwetter herbei, dass uns von unserem Gipfelerfolg abhält und zur Umkehr zwingt. Nun kann sie uns in ihr Zelt locken, um uns zu überreden, ihr zu helfen, den alten Wälzer zu bergen. Richtig?" Hans schaut Enola an, die neben Lisann sitzt und schmunzelt. Dann schweift sein Blick zu Lisann und gefriert.

Sie hat Tränen in den Augen und blickt traurig zu Boden.

Bestürzt schaut Hans nach unten. „Falsch, völlig falsch." Er atmet tief aus, wendet sich um und sucht seine Jacke. „Tut mir leid. Ich … ich muss kurz nach draußen."

Lisann weiß nicht, wieso sie weint. Ihr Großvater war 82 Jahre alt. Er wurde krank und schlief eine Woche später friedlich ein. Sicher vermisst sie ihn. Aber es ist nicht nur das. Gedanken drehen sich in ihrem Kopf. Sie mag Hans und ihr gefällt seine Art, mit dem Unwetter umzugehen. Sie findet es bemerkenswert, wie er seine Geschichte mit verschiedenen nicht alltäglichen Wörtern würzte. Was sie bedrückt, ist die wahre Geschichte des Buches. Sie hat einfach Angst, dass Hans sie für eine Spinnerin hält. Aber sie hat keine Wahl. „Hans, warte! So falsch ist deine Geschichte nicht."

Hans öffnet den Reißverschluss vom Innenzelt.

„Mein Großvater ist im Frühjahr gestorben. Aber der Rest kommt der Wahrheit recht nah. Bitte, bleib." Lisann neigt sich vor und berührt ihn an der Schulter.

Hans schließt das Zelt wieder und dreht sich um. „Tut mir leid, das mit deinem Großvater."

Lisann sieht in seinen Augen, dass er es ehrlich meint, und versucht zu lächeln.

Hans nickt ihr respektvoll zu. „Also, was stimmt nicht mit meiner Geschichte?"

„Ich kann nicht zaubern."

„Gut. Vergessen wir das mit dem Unwetter."

„Nein, eben nicht. Das Unwetter ist Zauberei. Aber nicht ich habe es gemacht."

Hans starrt sie ungläubig an.

Auch Enola blickt zweifelnd vom Boden auf. „Sondern …?"

Lisann schaut die beiden nacheinander an. Jetzt gibt es kein Zurück. „Das Buch."

Enola neigt ihren Kopf zur Seite. „Das Buch?"

„Das Buch in der Gletscherspalte?" Hans' Stimme klingt mit einem Mal beschwörend. „Es will nicht ewig im Eise verharren. Es will nicht verloren sein für alle Zeit. Es will gefunden werden, bevor der Gletscher taut. Es ist ein Zauberbuch. Es ist das Buch der Bücher. Das eine, um Vater und Tochter zu finden, ins Unwetter zu treiben und ewig zu binden."

Enola muss lachen beim Ausflug ihres Vaters in den „Herr der Ringe".

Auch Lisann lacht. Nun hat sie keine Angst mehr. „Wie wäre es mit einer Geschichte?"

„Die Geschichte vom Großvater und seinem Buch. Eine wahre Begebenheit aus der Welt der Berge." Enolas Vater kann so lustig sein.

Aber Lisann klingt ernst. „Keine Unterbrechungen, einverstanden? Es ist keine lustige Geschichte."

Enola und Hans nicken. „Einverstanden."

Obwohl Lisann ein Schmunzeln in beider Gesichter bemerkt, spürt sie, dass sie ihr Wort halten werden.

Die Lichter von Terr

„Mein Großvater hieß Viktor. Er war Bergsteiger. Schon als Junge war er hier unterwegs. Meistens mit dreien seiner Freunde. So auch an jenem Wochenende, wenige Jahre nach dem zweiten Weltkrieg. Sie waren schon oft den Gratweg bis zum Gipfel gegangen, den ihr heute gehen wolltet. Und so hatten sie vor, auf einem anderen Weg die Zugspitze zu besteigen. Neue, schwierigere Wege sind immer eine Herausforderung." Lisanns Augen leuchten.

„Sie kampierten an genau dieser Stelle mit zwei einfachen Zelten. Aber nicht hier beginnt die eigentliche Geschichte, sondern in einem Traum, den mein Großvater in jener Nacht hatte."

Enola horcht auf. Sie denkt an den Traum, in dem sie das Wasser beherrscht hat und der Wespe und dem Dämon begegnet war. An ihren Traum von vorgestern, der ihr wie die Wirklichkeit vorkam, so dass sie glaubte, sie hätte alles tatsächlich erlebt. Gespannt lauscht sie Lisanns Worten.

*

Viktor fand sich in einem Wald wieder. Leuchtend grüne Blätter zogen ihn in ihren Bann. Blütenduft nahm ihn gefangen und er vergaß die Zeit. Er schlenderte frohen Mutes durch den Wald, bis er auf einmal innehielt. Etwas fehlte. Er stand reglos und lauschte. Er konnte nichts hören. Aber genau das war es. Es gab kein Vogelzwitschern, kein Grillenzirpen, kein Summen von Wespen oder Hummeln, kein Rascheln im Laub, das den Waldboden bedeckte. Nichts. Der Wald war stumm.

Viktor ging weiter und es wurde ihm unheimlich zumute. Denn der Wald verlor nun auch seine Farbe. Die Blumen wurden blass und waren bald grau und braun. Ebenso das Laub an den Zweigen der Bäume. Er wollte umkehren, aber plötzlich hörte er eine weibliche Stimme. „Du weißt nicht, wer du bist und woher du kommst, richtig?"

Viktor erstarrte. In der Richtung, aus der die Stimme kam, konnte er niemanden entdecken. Und ihm wurde auf einmal bewusst, dass er tatsächlich keine Erinnerung hatte, denn in einem Traum weiß man nicht, dass man träumt. „Weißt du, wer ich bin und woher ich komme?"

„Du bist ein Traumkind. Dein Name ist Viktor. Woher genau du kommst, weiß ich nicht. Aber du kommst aus einer anderen Welt und wirst in sie zurückkehren, wenn …"

„Gut, aber wer bist du?" Ihm war unheimlich zumute, sich mit einem Wesen zu unterhalten, das er nicht sah.

„Ich bin Ninara."

Viktor hielt seine geöffneten Hände als friedliche Geste nach vorn. „Dann zeige dich."

„Ich bin genau vor dir."

Hastig trat Viktor einen Schritt zurück und hob die Arme schützend vor seinen Körper. „Nein, bist du nicht!"

„Sieh genau hin."

„Ich kann nichts sehen."

Die Stimme klang mit einem Mal beschwörend. „Weil du nicht richtig schaust. Du solltest nicht nur mit den Augen sehen, sondern auch mit deinem Herzen. Selbst wenn es schwer fällt in diesem toten Wald."

Viktor hörte die Traurigkeit aus den letzten Worten heraus und verlor seine Furcht. Er schloss seine Augen und stellte sich einen richtigen Wald vor. Grün, mit bunten Blumen am Boden und Blüten an manchem Baum und allerlei Tieren, deren Geräusche er zu hören glaubte.

Plötzlich wurde es warm und hell um ihn herum. Viktor öffnete die Augen und sah ein Mädchen in seinem Alter vor sich zwischen den Bäumen schweben. Es hatte violettes langes Haar und war die Quelle des Lichtes und der Wärme. In seiner Nähe waren die Bäume grün und Blumen bedeckten den Boden.

Ninara strahlte ihn an, als ob er etwas besonderes wäre. Dann schwebte sie herab und stand vor ihm. „Ich brauche deine Hilfe. Wir ..." Sie beschrieb mit ihrem Arm einen weiten Bogen und zeigte zum Wald. „... wir alle brauchen deine Hilfe." Dann sah sie ihn an und Viktor bemerkte die Tränen in ihren Augen.

Zweifelnd betrachtete er den endlosen toten Wald, der gleich dort begann, wo Ninaras Zauber von Licht und Wärme endete. Erst in diesem Augenblick nahm Viktor das ganze Ausmaß der Leblosigkeit wahr. Die grauen Baumstämme verloren sich in der Unendlichkeit. Kein Sturm hatte die Bäume geknickt oder entwurzelt. Kein Feuer hatte sie verbrannt. Sie waren auch nicht verdorrt. Sie waren einfach nicht mehr grün. „Ich weiß nicht, ob ich euch helfen kann."

Ninara stand jetzt vor ihm und schaute in seine Augen. „Erinnerst du dich an den Wald, in dem du ankamst?"

„Ja. Er war grün, aber trotzdem still."

„Bald wird er so sein wie dieser hier. Komm mit. Ich möchte dir etwas zeigen." Ninara ging voraus.

Viktor hatte unzählige Fragen, aber es blieb eine stumme Wanderung. Er spürte, dass Ninara nicht reden wollte, dass sie es kaum ertrug, durch diese leblose Landschaft zu laufen. Dann konnte Viktor hinter den grauen Bäumen einen rötlichen Abendhimmel ausmachen. Das Ende des toten Waldes kam schnell näher. Statt der Bäume ragten nur noch die abgeknickten Stumpen aus der Erde. Viktor blieb stehen. Die Baumstämme waren verschwunden. Alle. Er ließ seinen Blick über die weite Fläche schweifen. Der tote Wald war ihm schon beängstigend vorgekommen, aber die Endlosigkeit der stumpenübersäten Landschaft traf ihn bis ins Herz. Von hier bis zum Horizont stand kein einziger Baum mehr.

Er beobachtete, wie Ninara zwischen zerbrochenen Wurzeln den vor ihnen liegenden Hügel hinaufstieg.

Von dort musste das ganze Ausmaß der Zerstörung zu sehen sein. Erschüttert folgte er ihr. Erstarrt blieb er neben ihr stehen. In einem weiten Tal konnte Viktor in der Abenddämmerung eine Stadt erkennen. Sie füllte das gesamte Tal aus. Obwohl sie weit in der Ferne lag, musste Viktor den Kopf drehen, um von einem Ende zum anderen zu blicken. Und obwohl über der Stadt grauer Dunst lag, erstrahlte sie in hellem Licht. Gebäude aus Stein leuchteten in allen Farben des Regenbogens. Ganze Flächen blinkten und wechselten die Farbe. Bunte Muster bedeckten Fassaden und Dächer. An Türmen jagten Lichter auf und ab. Wunderschön.

„Das ist die Stadt Terr. Für ihr Licht und ihre Wärme müssen die Bäume sterben. Und ihr Hunger ist unersättlich. Die Stadt wächst mit jedem Tag. Und der Wald wird in demselben Maße kleiner. Keiner von denen da unten denkt daran, dass die Quelle ihres Reichtums versiegt, wenn der gesamte Wald vernichtet ist. Aber wir dürfen nicht warten, bis sie ihren Fehler erkennen. Denn dann ist es zu spät." Sie sah Viktor an und ihre Stimme zitterte. „Wir müssen sie aufhalten. Wir beide!" Tränen glitzerten in ihren Augen.

Viktors Blick schweifte von Ninara zur gigantischen Stadt hinüber. „Gibt es keine Menschen außerhalb der Stadt?"

„Jetzt nicht mehr. Es war eine Handvoll mächtiger Zauberer, die die Stadt in diesem Tal gründete. Schnell verfielen die Menschen, die hier lebten, ihrem Zauber.

Bis heute sind sie ihm verfallen, dem Zauber des Lichtes und der Wärme."

Auch Viktors Blick blieb an den wunderschönen Lichtspielen hängen. Die Stadt zog ihn in ihren Bann. Mit einem Ruck löste er sich aus seiner Starre und betrachtete erneut die Zerstörungen jenseits der Stadtgrenzen. „Gibt es kein Leben mehr in dieser Welt?"

„Doch." Ninara wandte sich um und zeigte über den toten Wald in die Ferne.

Während auch Viktor sich umdrehte, setzte sein Atem einen Augenblick lang aus und ein Strahlen erschien auf seinem Gesicht. Hinter dem toten Wald schmiegten sich grüne Wälder an steile Berge, die im letzten Tageslicht rötlich leuchteten. Die Gipfel der höchsten Berge waren schneeweiß und mächtige Gletscher schoben sich bis in die Täler hinab. Erst das leuchtende Grün der Wälder schien sie aufzuhalten. Schmale Schluchten teilten die Berge. Wasserfälle donnerten an den Bergflanken zu Tal. Neben bizarren Felsformationen konnte Viktor auch grüne Wiesen ausmachen, die oberhalb der Wälder zwischen den Felswänden lagen. Es war der Zauber der Natur, es war Schönheit, die Viktor nicht nur sehen konnte, sondern auch bis ins Innerste spürte.

Viktor blinzelte zu Ninara hinüber. Auch sie strahlte wieder, wie zu Beginn im Wald, als sie ihn erblickt hatte. Aber Viktor hatte Zweifel, was seine Hilfe betraf, große Zweifel. Er wandte sich wieder der Stadt zu. Was sollten sie beide hier ausrichten? Die Menschen in der Stadt mussten über unglaubliche Macht verfügen, wenn sie in der Lage waren, die Natur in diesem Maße zu verwüsten. Aber was ihm noch mehr Sorgen bereitete, war der Charakter der Mächtigen dieser Stadt. Sie mussten Vernunft und Ehrgefühl verloren haben, um rings um ihre prächtige Stadt derartige Trümmerfelder zu hinterlassen.

Viktor konnte Ninara nicht ansehen, als er seine Zweifel aussprach und danach nur noch eine Frage hatte. „Können wir denn keine Hilfe erwarten?"

„Die Tiere, die nicht verzaubert sind, kommen nicht in die Nähe der Stadt. Hier sind nur wir beide. Nur wir beide stehen zwischen denen dort unten und dem Rest Natur in den Bergen. Nur wir beide können ihre Macht über diese Welt brechen oder die Welt wird untergehen. Sie wird noch einen Moment lang erstrahlen im Licht gestohlener Herrlichkeit und dann erlöschen für sehr, sehr lange Zeit." Tränen liefen über Ninaras Gesicht. Sie begann zu weinen und ihr ganzer Körper zitterte bei dem Gedanken an das Ende ihrer Welt. „Wir sind fast noch Kinder. Aber wir müssen es versuchen. Zusammen können wir es schaffen, zusammen. Wir haben nicht ihre Macht, aber etwas anderes, das viel mehr zählt. Die Liebe zur Natur, die Freude am Leben, das ihr entspringt. Ich habe das Strahlen in deinen Augen gesehen, als du die fernen grünen Wälder und die Berge erblicktest. Unsere Liebe zur Natur kann uns die Kraft verleihen, sie zu erhalten. Willst du mir helfen?"

„Ja." Viktor wandte sich ihr zu, nahm sie in seine Arme und wiegte sie ein wenig hin und her. Dann ergriff er ihre Hände und sah sie an. „Was müssen wir machen? Woher kommt ihre übernatürliche Macht?"

Ninaras Stimme war nur ein Flüstern. „Es ist ein Buch, ein dickes, rotes Buch. All ihr Wissen, all ihre Zauberei entspringt diesem Buch. Aus dem Buch stammen die Flüche, die sie über die Menschen und die Tiere bringen, damit sie sich selbst vergessen, damit sie ihnen helfen, ihre Stadt aus Licht und Wärme zu erschaffen und unsere Welt zu zerstören. Wir müssen ihnen nur dieses Buch nehmen und es verbrennen."

„Du weißt, wo es liegt?"

„Ja. Siehst du den Fluss, der von Süden in die Stadt fließt. Er führt direkt an ihrem Palast vorbei. Es ist nicht schwer, das Buch zu bekommen. Die Zauberer sind so von ihrer Großartigkeit und ihrer Macht überzeugt, dass sie nicht im Traum daran denken, jemand könnte auf die Idee kommen, ihr Buch zu stehlen."

Ninara löste sich aus Viktors Umarmung und drehte sich zur Stadt. Viktor spürte, wie sie seine Hand ergriff und die Stadt plötzlich auf ihn zuraste. Er spürte keinen Wind, kein Gewicht. Es schien ihm, als wäre er schwerelos. Hell erleuchtete Gebäude flogen auf ihn zu und an ihm vorbei. Lichter tanzten über und unter ihm und rechts und links. Aber so plötzlich wie der Zauber begonnen hatte, war er vorbei.

Viktor fühlte festen Boden unter seinen Füßen und Wärme um sich herum. Ninara ließ seine Hand los.

Strahlende Türme und schmale Gebäude erstreckten sich rings umher bis zum Sternenhimmel, der über ihm erstrahlte. Er stand am Rand eines großen Platzes auf dem Dach des Palastes. Auf einer Seite aber ragte der Palast noch weiter in die Höhe und begrenzte den Platz. Die Fassade wechselte ständig ihre Farbe und Helligkeit.

Viktor drehte sich um und ging auf eine brusthohe Mauer zu, die den Platz an den anderen drei Seiten begrenzte. In schwindelerregender Tiefe schoss der Fluss dahin. Das Licht der Stadt genügte Viktor, um zu erkennen, dass das Wasser milchig grün war. Der Fluss war ein Gletscherfluss. Nur Flüsse aus den Schneebergen haben diese bezaubernde Farbe.

Dann entdeckte Viktor die Baumstämme, die auf dem Fluss bis zu einer Stauanlage vor dem Palast trieben. Riesige Tiere mit dichtem Fell und gewaltigen Stoßzähnen fischten die Stämme mit ihren kräftigen Rüsseln aus dem Wasser und stapelten sie auf einem großen Platz. Was geschah mit den Bäumen dort unten?

Ninara riss ihn aus seinen Gedanken. „Viktor, komm! Schnell!"

Er fuhr herum und sah, dass sie vor einem hell erleuchteten Eingang auf ihn wartete. Er folgte ihr, ohne zu zögern. Auf einmal wurde ihm bewusst, wie er hierher gekommen war und er erinnerte sich daran, dass Ninara im Wald zwischen den Bäumen schwebte, als er ihr begegnete. Sie konnte zaubern. Ninara … Wer war sie?

In diesem Moment betrat er den Lichtpalast. In der Mitte entdeckte er eine gewaltige Steintreppe, die von oben kam und spiralförmig nach unten führte. Unwillkürlich blieb Viktor stehen. Wände und Decke der Halle, in der er sich befand, waren kaum zu erahnen hinter dem gleißenden Licht, das den Raum ausfüllte. Viktor drehte sich staunend um sich selbst, während er weiter in die Halle hineinging. Dann spürte er, wie jemand seine Hand nahm.

„Hier entlang." Ninara führte ihn an der Treppe vorbei.

Viktor erhaschte einen Blick in abgründige Tiefe. Auch dort unten herrschte das Licht. Jede tiefer liegende Halle strahlte in einer anderen Farbe. Ninara zog ihn zur gegenüberliegenden Wand. Eine mächtige Tür schimmerte in hellen Rottönen. Viktor stolperte auf die Tür zu. Sein Blick aber schweifte durch den strahlenden Raum. Er konnte bereits keinen klaren Gedanken mehr fassen. Gebannt starrte er auf die Lichtspiele, die die Tür umrahmten.

„Viktor, sieh mich an!" Furcht lag in Ninaras Stimme, und Traurigkeit. „Viktor, bitte! Wieso sind wir hier? Viktor, weißt du es noch?"

Viktor vernahm ihre Stimme wie aus weiter Ferne. Er war verzaubert. Die Pracht des Lichtes lähmte seinen ganzen Körper und hielt ihn gefangen.

Ninara nahm seine Hände und drückte sie ganz fest. Dabei schob sie sich so nah an ihn heran, dass sich ihre Körper berührten. „Viktor, bitte schau mich an." Sie sah, wie Viktors Blick verträumt durch die Halle schweifte und Tränen traten in ihre Augen. Noch niemand hatte es geschafft, dem Zauber dieser Halle zu widerstehen. Sie hatte geglaubt, Viktor wäre anders. Sie hatte ihn beobachtet, als er im Wald ankam. Sie war sich sicher gewesen, so sicher. Aber Viktor träumte den Traum aus Licht. Bald würde er in seiner Welt aufwachen und hier bliebe nur leuchtend grüner Nebel zurück. Trost suchend legte Ninara ihren Kopf an seinen.

Sonnen tanzten durch die Halle. Sie veränderten ihre Farbe und Viktor beobachtete ab und an einen bunten Schweif, den sie hinter sich herzogen. Farbige Sterne wirbelten durch die Luft. Es war so schön. Dann bemerkte Viktor Ninaras Tränen auf seinem Gesicht. Ninara hatte ihn hergeführt. Warum teilte sie seine Freude nicht? Wieso weinte sie? Viktor blickte sie an. „Ninara?"

Sie schaute auf. Er sah sie wirklich an! Ninara strahlte zurück. „Viktor! Wieso sind wir hier, Viktor, weißt du es noch?"

„Wegen … wegen eines Buches. Wegen des Buches, mit dessen Hilfe sie diese Welt zerstören."

„Hilfst du mir, es zu holen?"

„Ja. Ja!"

„Dann schau dich nicht mehr um, Viktor. So schön es auch ist. Es ist gestohlene Schönheit. Gestohlen von allem, was draußen in den Bergen noch lebt. Erinnerst du dich, Viktor, an die Berge im Sonnen-untergang?"

„Ja. Sie sind schöner als das hier. Sie sind die Wirklichkeit."

„Gut." Ninara zeigte neben die rote Zaubertür. „Siehst du das Lichtfeld in Augenhöhe neben der Tür? Geh hinüber und warte auf mein Zeichen. Dann musst du es mit beiden Händen berühren."

Als Viktor vor dem Licht stand, hörte er Ninaras Stimme. „Jetzt, Viktor." Seine Hände verschwanden kurzzeitig in der leuchtenden Wand.

Im selben Moment stand Ninara wieder neben ihm. „Du musst hier warten. Aus diesem Raum würdest du nie wieder herauskommen. Schließ die Augen, denk an die Berge und warte. Ich bin sofort zurück." Ninara schwebte durch das Portal in den geheimen Raum hinein. Ihre Augen hielt sie geschlossen, um dem Zauber zu entgehen. So sah sie nicht die Farbenpracht dieser Halle, die noch größer war als die Eingangshalle. Sie sah nicht die Regenbogensonnen, Sternschnuppen und bunten Wolken. Sie sah nicht den Drachen, der unter ihr auf dem Boden lag und ihr mit seinen Augen folgte. Und sie sah nicht das Buch, das in der Mitte des Raumes schwebte.

Aber sie spürte seine Wärme. Sie fühlte wo es war. Ninara ergriff das feuerrote Buch und schwebte lautlos zur Tür zurück. Der Drache erhob sich und sie prallte gegen seinen Körper. Ninara riss die Augen auf und stürzte zu Boden. Neben ihr krachte das Buch auf das glitzernde Gestein. Entsetzt blickte Ninara zu dem Drachen auf, der den Ausgang versperrte. Er senkte seinen Kopf zu ihr herab. Sie sah seine leeren Augen und seine riesigen Zähne, als er sein Maul öffnete. Ninara erstarrte.

Viktor hörte tiefes Donnergrollen, das die ganze Halle erbeben ließ. Das Gebrüll des Drachen hallte von den Wänden wider. Viktor riss die Augen auf und fuhr herum. Er beachtete die zauberhaften Lichtspiele nicht. Er sah nur den Eingang in den verbotenen Raum, aus dem das Brüllen herausdrang.

Ninara! Viktor stürzte durch die Tür. Er folgte seinem Gefühl, ohne zu denken. Würde er sich umsehen und nachdenken, wären sie beide verloren. Aber er sah nur Ninara, die Auge in Auge mit einem riesigen Drachen reglos verharrte. Viktor rutschte in einem Schwung zwischen den muskulösen Beinen des Drachen hindurch. Währenddessen riss er das Buch an sich. Er sprang vor Ninara auf, ergriff ihre Hand und zog sie mit sich.

Der Drache sah, wie zwei Eindringlinge unter ihm verschwanden. Er brüllte, dass die Halle erzitterte, und sprang herum. Sein mit Dornen bewehrter Schwanz peitschte über den Fliehenden gegen den leuchtenden Rahmen der mächtigen Pforte. Dann schickte er ihnen sein Feuer hinterher.

Ninara spürte den Wind, als der Schwanz des Drachen über sie hinwegfegte. Dann krachte es ohrenbetäubend. Steine und Staub rieselten hinter ihr und Viktor herab. „Viktor, halt dich an mir fest! Und lass das Buch nicht los!"

In diesem Moment sah Viktor den Abgrund auf sich zurasen, um den sich die Treppe wand. Er presste das Buch an sich und hielt Ninaras Hand so fest er konnte. Dann spürte er die Hitze des Drachenfeuers. Aber einen Augenblick später löschte der Wind des Sturzes die Flammen, die seine und Ninaras Kleidung versengt hatten. Unversehrt landeten sie in der untersten Halle am Fuß der gewaltigen Treppe. Ninara zog Viktor zu derselben Tür wie oben, mit zwei Farbfeldern rechts und links. Sie schob Viktor auf das rechte Feld zu und stürzte zum linken. „Beide Hände, Viktor! Leg das Buch kurz ab!"

Als sich die Tür öffnete, hörten sie das Krachen und Fauchen an der Treppe. Der Drache war durch die Pforte gekrochen und ihnen nachgesprungen. Er versuchte seine Flügel auszubreiten, aber der Treppenschacht war zu schmal. Er blieb immer wieder am Steingeländer der Treppe hängen und riss es in Trümmer. Taumelnd in einer Wolke aus Staub und Gestein krachte der Drache auf den Boden der untersten Halle. Er sprang auf und sah die Eindringlinge rechts und links eines sich öffnenden Portals. Das Buch entdeckte er zu Füßen des Jungen auf der rechten Seite. Er schickte sein Feuer hinüber.

In diesem Moment bückte sich Viktor, um das Buch aufzuheben. Als das Feuer auf ihn zujagte, brauchte er sich nur zu Boden zu werfen, um den Flammen zu entgehen. Er schaute auf und sah Ninara vor der leuchtenden Pforte stehen. Flimmernde Hitze drang aus der Öffnung. Die heiße Luft ließ Ninaras Abbild verschwimmen. Augenblicklich schob der Drache seinen Kopf zwischen Viktor und das Tor, vor dem Ninara stand. Viktor kam nicht vorbei. Er blickte in die leblosen Augen des Drachen und fürchtete das Feuer, das ihn sogleich verbrennen würde.

Aber hinter dem Drachen stand Ninara. Viktor schleuderte das Buch zu ihr hinüber. Er sah, wie der Drache seinen Kopf herumwarf und dem Buch hinterherblickte. Das Feuer aus seinem Maul versengte die Mauer und zog einen Aschestreifen über sie hinweg. Viktor wich dem peitschenden Schwanz des herumfahrenden Drachen aus. Dann folgte er ihm in die flimmernde Hitze der Halle, in die Ninara mit dem Buch hineinrannte.

Ninara ahnte den Drachen hinter sich. Nach drei schnellen Schritten stieß sie sich vom Boden ab und schoss in die Höhe. In der Mitte der Halle sah sie ein riesiges Becken voller Glut. Während sie daraufzuschwebte, hob sie das Buch mit beiden Armen über ihre Schulter, um es in die Glut zu werfen.

In diesem Moment prallte sie gegen eine unsichtbare Wand. Während sie aufschrie und vor dem Glutbecken zu Boden stürzte, ohne das Buch loszulassen, erfüllte eine helle, mächtige Stimme den ganzen Saal.

„Halt!"

Viktor sah, wie der Drache reglos verharrte, und lief links an ihm vorbei. Dann blieb er selbst wie verzaubert stehen. Die riesige Halle hatte auf seiner Seite eine weite Öffnung nach draußen. Hinter einem Gewölbe lag der Platz mit den Baumstämmen, den er von oben gesehen hatte. Die Tiere, die das Holz transportierten, waren so groß wie der Drache. Auch sie bewegten sich nicht mehr. Einzig die Glut des Lavabeckens loderte und brodelte. Einzelne verkohlte Baumstämme ragten ein wenig aus dem gigantischen Becken heraus. Dann verschlang sie das ewige Feuer, das Feuer, das der Stadt ihren Glanz schenkte. Ein Feuer aus den Bäumen der ganzen Umgebung.

Viktor blickte zu der Gestalt aus Licht hinüber, deren Zauber Ninara aufgehalten hatte. Sie stand vor Ninara in der Luft. Weitere Zauberer erschienen schwebend in der Halle. Ninara saß auf dem Boden und starrte verzweifelt auf das Buch. Krampfhaft hielt sie es mit beiden Armen an sich gepresst.

„Gib mir das Buch." Die Stimme der Frau aus Licht, die vor Ninara schwebte, klang ganz ruhig. Aber Viktor hörte einen überheblichen Unterton. „Gib es mir freiwillig und dir sei verziehen."

„Niemals!" Ninara sprang auf. „Ihr müsst mich schon töten, um es zu bekommen. So, wie ihr meinen Vater getötet habt. So, wie ihr die Welt da draußen tötet, sie vernichtet für euren Glanz und eure Herrlichkeit!"

Die Frau wandte sich den anderen Zauberern zu. „Lasst uns allein."

Sie antworteten beinahe gleichzeitig. „Ja, meine Königin."

Während die Zauberer die Halle so plötzlich verließen, wie sie gekommen waren, sprach die Königin lächelnd auf Ninara ein. „Wir haben deinen Vater nicht getötet. Er ist verschwunden, als wir dieses Buch geschaffen haben, feige wie er war. Er wollte sich der Macht nicht bedienen, die ihm gegeben war. Aber du bist stärker als er. Denn du bist nicht nur seine, sondern auch meine Tochter. Prinzessin, ich hatte dir gesagt, dass wir eine andere Quelle der Energie suchen. Hilf uns, sie zu finden ...“

Viktor starrte Ninara an. Die Tochter der Königin? Sie war ... eine von ihnen. Deshalb die Zauberei! Deshalb wusste sie, wo das Buch zu finden war und wohin sie es bringen mussten. Aber sie wusste nicht alles. Und was war mit ihrem Vater geschehen?

„... du bist noch so jung, Prinzessin. Du wirst lernen müssen, mit deiner Macht umzugehen, sie zu nutzen. Mach dir die Welt untertan! Du bist zu Höherem berufen, als dich mit Blumen, Bäumen, Tieren oder diesen einfachen Menschen abzugeben. Ninara, glaube mir, mit diesem Buch, mit der Macht, die es dir verleihen kann, liegen dir alle Welten zu Füßen, nicht nur diese eine. Du hast den Nebel noch nicht gesehen, der sie verbirgt. Tausende Welten. Sie warten darauf von dir erobert zu werden. Dieses Buch ist ein Geschenk. Gib es nicht einfach auf. Bring es zurück, Ninara. Bring es zurück und dir sei verziehen.“

Auf einmal schaute Ninara zu Viktor. Er sah die Traurigkeit in ihren Augen, ihre Niedergeschlagenheit. Sie hatte es nicht geschafft. Sie würde das Buch zurückbringen müssen. Zwischen ihr und dem Glutbecken stand nach wie vor der Zauber der Königin. Viktor beobachtete, wie Ninara sich umdrehte und zum Ausgang lief. Traurig schaute er zu Boden. Er dachte an die Bäume, wie sie in den Fluss geworfen wurden, um hier angespült, herausgefischt und verbrannt zu werden.

In diesem Moment begannen die großen Tiere sich wieder zu bewegen. Viktor hörte es krachen, fuhr herum und sah, wie eines der Tiere einen Baum in die Lava stieß. Der Zauber, der das Becken abschirmte, war verschwunden. Aber nicht nur Viktor bemerkte das.

Zur selben Zeit drehte sich Ninara blitzschnell um und warf in einer einzigen fließenden Bewegung das unheilbringende Buch in Richtung Glutbecken.

Augenblicklich sprang der Drache dem Buch hinterher. Er musste es zurückbringen, auch wenn er in der Glut verbrennen würde. Es war seine Aufgabe, das Buch zu beschützen. Ein Zauber hielt ihn an das Buch gebunden.

Der Drache schlug seine Flügel in einer kräftigen Bewegung. Sie brachte ihn in die Luft. Noch ein Flügelschlag und er schoss dem Buch hinterher. Er konnte es vor sich sehen, beobachtete, wie es sich in der Luft drehte, wie es etwas aufklappte und seine vielen Seiten im Flugwind flatterten. Das Buch war schon über dem Becken und stürzte in einem Bogen auf die brodelnde gelbrote Oberfläche herab. Er konnte es schaffen, aber bevor er ein weiteres Mal mit seinen Flügeln schlagen konnte, hielt ihn ein Befehl der Königin zurück. Er fing seinen Flug ab und landete in demselben Moment am Rand des Beckens, in dem das Buch in das Feuer tauchte. Glut spritzte auf. Das Buch tauchte kurz unter, kam wieder hervor und schwamm in der Mitte des riesigen brennenden Beckens.

Viktors kurzer Moment des Triumphes wich tiefer Bestürzung und verwandelte sich in Wut, als er das helle und überhebliche Lachen der Königin hörte. Es hallte von Decke und Wänden wider und nahm Ninara den Atem. Viktor sah, wie sie voller Entsetzen auf das Buch starrte, das unversehrt auf der Glut schwamm. Er konnte sie nicht hören, aber er erkannte, dass ihre Lippen immer wieder ein einziges Wort formten. „Nein, nein, nein, …" Ninara taumelte zwei Schritte zur Seite. Dann brach sie zusammen. Sie kauerte am Boden und begann zu weinen.

All ihre Hoffnung auf eine Wiederbelebung der toten Welt jenseits der Stadtgrenzen war in einem einzigen Moment ausgelöscht worden. Das Buch konnte nicht zerstört werden.

Die Königin triumphierte. Sie schwebte über Ninara in gleißendem Licht. „Hast du wirklich gedacht, du könntest das Buch verbrennen, dieses Buch?" Wieder hallte ihr spitzes Lachen durch die Halle. „Es ist ein Zauberbuch, das Buch der Elemente der Welt, aller Welten. Dieses Buch ist Wasser, Feuer, Luft und Erde. Es kann nicht vernichtet werden. Du kannst es nicht zerreißen und nicht verbrennen. Kein Orkan könnte seine Seiten zerpflücken. Und selbst wenn es tausend Jahre im Regen und Matsch deiner geliebten Natur da draußen läge, wäre es ihm nicht anzusehen. Tief in der Erde vergraben fände es den Weg zurück ans Licht. Selbst aus der Glut eines Vulkans würde es irgendwann unversehrt hervorquellen. Es ist ein Zauberbuch. Es ist das Buch unserer Macht, Ninara, auch deiner Macht. Wehre dich nicht dagegen. Gehe endlich auf in dem, was das Schicksal für dich bereithält. Meine Tochter, du wirst irgendwann Königin sein …"

Viktor konnte nicht mehr zuhören. Er konnte es nicht ertragen. Ninara kauerte zerstört am Boden und Viktor konnte ihren Schmerz fühlen, der auch sein Schmerz war. Er hielt es nicht länger aus, in dieser Halle die Großartigkeit und Überheblichkeit der Königin zu spüren. Er musste hier weg, er musste hinaus.

Durch das Gewölbe schaute Viktor zu dem großen Platz, auf dem das Holz lagerte. Langsam ging er hinüber. Und auf einmal hörte er das Rauschen des Gletscherflusses. Viktor blieb wie angewurzelt stehen. Er konnte förmlich die Kälte spüren, die der Fluss aus den Schneebergen ins Tal brachte. Kälte, Frost, Schnee, Eis. In diesem Moment hatte er einen Gedanken. Er wusste nicht, woher er kam. Die Königin hatte ihre Rede über die Unverwundbarkeit des Buches mit vielem geschmückt, nur nicht mit der Kälte, die manche Orte der Welt beherrschte. Vielleicht fiel es ihm deshalb auf. Vielleicht aber flüsterte ihm der Wind als Bote der sterbenden Welt jenseits der Stadtmauern den Gedanken. Den Gedanken, der dünne Halme zu einem festen Seil verflocht, zu einem Seil, das Viktor ergriff und aus der Dunkelheit zerstörter Hoffnung emporhangelte in neue Zuversicht. Er drehte sich um und ging langsam zu Ninara hinüber, die noch immer am Boden lag.

Er hörte nicht die Worte der Königin, die von neu zu schaffender Schönheit und anderen strahlenden, zu erobernden Welten sprach. Er sah nur Ninara. Er starrte sie so zwingend an, während er zu ihr ging, dass sie endlich den Kopf hob und zu ihm aufschaute, als hätte sie seine Gedanken gespürt. Viktor kniete sich zu ihr und blickte ihr tief in die Augen. „Vertrau mir, Ninara. Hol mir das Buch aus dem Feuer."

Überrascht starrte sie ihn an.

„Bring mir das Buch. Ich weiß, dass du es kannst. Und ich weiß, wie die Macht des Buches zu brechen ist. Es wird ganz schnell gehen. Leb wohl, Ninara. Ich werde dich nie vergessen."

Ninara war noch immer in ihrer Starre gefangen. Auf ihrem Gesicht wechselten sich Verwunderung, Freude und Trauer ab. Langsam stand sie auf. Langsam kehrte ihre Kraft zurück. Langsam schwebte ihr Blick durch die Halle, streifte das zufriedene Gesicht ihrer Mutter und den Drachen, der ausdruckslos zu Boden sah. Dann blieb ihr Blick auf dem Buch haften, das hinter dem Drachen auf der Glut schwamm. Mit gesenktem Kopf ging sie darauf zu. Sie stieß sich vom Boden ab und schwebte über der Glut, um das Buch mit einer schnellen Bewegung aus dem Feuer zu fischen.

Ninara landete mit dem Buch neben dem Drachen. Während sie durch die Halle ging, konzentrierte sie sich auf das Buch in ihren Händen. Sie spürte seine Macht und machte sie sich zu Nutze. Nur noch einmal.

Im Stillen wob sie einen Zauber, der Mutter und Drache für einen Augenblick lähmen sollte. Die Königin würde den Zauber schnell brechen können. Aber dieser Augenblick musste Viktor genügen, das zu tun, was er vorhatte. Sie hatte keine Ahnung von seinem Plan, aber sie wusste, dass es ihre letzte Möglichkeit war. Als sie an Viktor vorbeiging, warf sie ihm einen Blick zu, in dem all ihre Liebe, all ihre Zuversicht und Hoffnung und all ihr Vertrauen lagen.

Viktor erwiderte ihren Blick und schloss kurz die Augen. Ninara hatte gesagt, er sei ein Traumkind. Also entwickelte er tief in seinem Inneren eine übernatürliche Kraft, eine Macht, die ihn die letzten Augenblicke in dieser Welt begleiten sollte. Eine Macht, getragen von Hoffnung und Liebe und dem Glauben an das Gute in der Welt. Diese Welt war noch nicht tot. Sie musste ihm beistehen, nur dieses eine Mal.

Ninara reichte ihm im Vorbeigehen das Buch.

Viktor ergriff es, schnellte herum und stürzte durch das Gewölbe nach draußen. Schon konnte er den Gletscherfluss hören. Und er hörte den Schrei der Königin. Er raste an den mächtigen Tieren vorbei, duckte sich unter den Stämmen, die sie mit ihren Rüsseln schwenkten, sprang über einzelne Bäume, die am Boden lagen. Es war nicht mehr weit. Viktor konnte die Kälte des Flusses spüren. Und plötzlich spürte er auch den Wind, den der Flügelschlag des Drachen erzeugte.

*

Ninara sah Viktor durch die Halle rennen, während sie ihre Arme in die Höhe streckte, um ihren Zauber zu verstärken. Tatsächlich hielt er, bis Viktor die Halle verlassen hatte. Dann brach Ninara völlig verausgabt zusammen. Sie hörte ihre Mutter schreien.

„Drache, töte ihn!"

Machtlos sah Ninara zu, wie der Drache im Tiefflug durch das Gewölbe jagte. Viktor rannte bereits draußen über den Platz. Wo wollte er hin?

*

Viktor hatte keine Möglichkeit nach hinten zu schauen. Aber er konnte die Hitze des Feuers spüren, das der Drache ihm hinterherschickte. Keinen Moment zu früh warf er sich nach links zwischen die Beine eines der großen Tiere. Er rutschte in einer Wolke aus Staub auf abgeblätterten Rindenstücken unter dem Tier hindurch auf die andere Seite. Während er aufsprang, hörte er das Brüllen des Drachen, der gegen den mächtigen Tierkörper krachte. Schon kam das Tier aus dem Gleichgewicht und schien auf Viktor zu stürzen. Im letzten Moment fing es sich mit zwei Schritten zur Seite ab. Viktor musste den gewaltigen Füßen ausweichen, die neben ihm aufstampften. Das Buch fest an sich gepresst sprang er auf die gestapelten Baumstämme. Die Stirnseite des Stapels zeigte zum Fluss. Die Kälte war ganz nah, aber auch das Feuer des Drachen.

*

Der Drache war gegen den massigen Leib eines der großen Tiere gekracht und hätte es beinahe umgeworfen. Aber es war so schwer, wie er selbst. Es hatte ihn aufgehalten. Brüllend schwang er sich erneut in die Luft. Er flog über ein weiteres der großen Tiere hinweg und entdeckte den Jungen auf einem Holzstapel. Schon schoss er ihm seinen Flammenstrahl hinterher.

Brennend stürzte der Junge in den Fluss. Noch immer umklammerte er das Buch. Auch der Drache tauchte in die eisigen Fluten ein.

*

Flammen hüllten Viktor ein. Seine Kleidung fing Feuer und er schrie auf vor Schmerz. Aber in diesem Moment schlug das Wasser des Gletscherflusses über ihm zusammen und er spürte dessen lähmende Kälte. Er hielt das Buch mit beiden Armen fest an sich gepresst.

Dann hörte er, wie der Drache neben ihm in den Fluss krachte. Er spürte die Druckwelle des Wassers, das der Körper des Drachen verdrängte. Trotz der Kälte öffnete er die Augen. Er konnte zunächst nichts sehen, da in dem grünen Gletscherwasser die Sicht begrenzt war. Aber plötzlich erblickte er, wie durch einen Schleier, den Kopf des Drachen genau neben sich. Der Drache starrte ihn an. Viktor schien es, als wäre der Drache verwundert. Er glaubte auch, einen Schimmer von dunklem Grün in den Augen des Drachen zu entdecken. Der Drache bewegte sich heftig und wühlte kurzzeitig das Wasser auf. Dann war er verschwunden.

*

71

Ninara schrie auf, als sie Viktor brennend in den Fluss stürzen sah. Im selben Moment verlor ihre Mutter die Fähigkeit zu schweben und stürzte zu Boden. Auch das Leuchten der Stadt erlosch. Im Licht der Morgendämmerung erhob sich der Drache aus dem Fluss und stieg in die Höhe. Ninaras Blick folgte seinem Flug, bis er hinter dunklen Türmen verschwand. Die großen Tiere ließen die Baumstämme fallen und liefen verwundert umher. Langsam begann Ninara zu begreifen, dass der Zauber des Buches gebrochen war. Die eisige Kälte des Flusses hatte das Buch besiegt.

Ninara strahlte, aber nach einem Moment der Freude war sie wieder von Furcht erfüllt. Denn die Königin und alle Zauberer eilten herbei und begannen den Fluss zu durchsuchen. Wenn sie das Buch fänden, würde die Naturzerstörung weitergehen.

Aber das Buch blieb für immer verschollen.

Nach und nach wich Ninaras Furcht unbändiger Freude. Sie konnte zwar nicht mehr zaubern und zum Wald hinaufschweben, aber die Wanderung in ihre geliebten grünen Berge führte durch frisches Grün und wurde begleitet von Vogelgezwitscher, Grillenzirpen und vielen anderen Geräuschen lebendiger Natur.

*

Viktor spürte, wie das Leben aus seinem Körper wich. Seine Lunge brannte. Er wollte atmen, er wollte an die Oberfläche des Flusses. Nein! Er durfte nicht aufgeben. Jetzt musste er tapfer sein. Für Ninara, für ihren Wald, für diese Welt! Das Buch sollte der Königin nie wieder in die Hände fallen. Viktor würde es niemals loslassen. Er hielt es gefangen in der eisigen Kälte auf dem Grund des Gletscherflusses bis er aus seinem Traum erwachte.

Schweißgebadet lag Viktor in seinem Schlafsack und starrte an die Decke seines Zeltes. Neben sich hörte er das leise Schnarchen seines Freundes.

Plötzlich bemerkte er das Buch, das er noch immer fest an sich presste. Also war es kein Traum! Er war tatsächlich dortgewesen! Viktor starrte auf das Zauberbuch und bekam riesige Angst. Panisch stürzte er mit dem Buch in der Hand aus dem Zelt. Ohne Jacke und ohne Schuhe lief er ein Stück in die Nacht hinaus.

Augenblicklich zogen Wolken über den Himmel und verdeckten die Sterne. Wind kam auf und wurde zu einem Sturm, der Viktor beinahe umwarf. Verzweifelt blickte er auf das Buch in seinen Händen. Das konnte nicht sein. Unmöglich! Aber schon trieb der Sturm Regen über den Gletscher und aus der Flanke nahe der Zelte lösten sich Gesteinsbrocken und stürzten krachend in die Tiefe. Viktors Herz begann zu rasen. War das wirklich das Buch? Lehnte es sich gegen ihn auf? Wollte es auf sich aufmerksam machen? Was konnte er tun, wenn es so war? – Kälte brach den Zauber des Buches. Wo war es kalt, eiskalt? – Im Gletscher!

Viktor hetzte zum Rand des Gletschers und warf das Buch in die tiefste Gletscherspalte, die er ausmachen konnte. Dann rannte er zum Zelt zurück und holte einen Eispickel. Vom Rand der Spalte löste er

Eisbrocken, die das Buch eine Seillänge tief im Gletscher begruben. Während er arbeitete, zog der Sturm ab und der Himmel klarte auf. Viktor blickte zu den Sternen hinauf. Dann verkroch er sich im warmen Schlafsack und starrte die Zeltdecke an.

Würde er diese Geschichte jemals erzählen können?

Das Buch

„Mein Großvater hat die Geschichte niemandem erzählt, noch nicht einmal meiner Großmutter. Erst als er krank wurde, vertraute er sie mir an. Der Gletscher werde zu schnell tauen und ich solle das Buch holen und in einem tieferen Gletscher verstecken. Er warnte mich vor der Macht des Buches und ich musste ihm versprechen, es noch in diesem Jahr zu tun. Ich sollte es eigentlich ganz allein machen, damit niemand davon erfährt. Aber ich schaffe es nicht allein."

Stille herrscht im Zelt. Der Wind bringt die Zeltplane zum Rascheln. Lisann blickt Enola und Hans an. Sie machen sich nicht über sie lustig. Sie stellen keine Fragen. Noch nicht.

Enola denkt an ihren eigenen Traum von der Wespe und dem Dämon. Sie glaubt, dass er wahr ist. Lisanns Geschichte würde das bestätigen. Und von ihrem Vater weiß sie, dass er nicht an das Bild der Welt glaubt, das die Wissenschaft zeichnet. Er ist sich sicher, dass es noch unzählige Geheimnisse auf der Erde gibt. Die Traumwelten könnten dazugehören.

Hinter Hans' Stirn überschlagen sich die Gedanken. Es ist unglaublich und doch zweifelt er nicht an Lisann. Weil seine Tochter ihm gestern eine ähnliche Geschichte erzählt hatte? Oder weil er Lisann mag? Beeinflusst das sein Urteilsvermögen? Hans sieht Lisann in die Augen. „Glaubst du selbst an diese Geschichte?"

Lisann hält seinem Blick stand. Zögernd nickt sie. „Ja. Mein Großvater hat mich nie belogen."

Hans atmet tief ein. „Gut, spielen wir es mal durch. Nehmen wir an, dein Großvater, Viktor also, hat das Buch aus seinem Traum in unsere Welt gebracht. Klingt unglaublich, aber wir gehen davon aus. Das Buch liegt in der Gletscherspalte und will gefunden werden. Aber nur du weißt überhaupt, dass es dort unten liegt. Niemand würde auf die Idee kommen, in einer Gletscherspalte etwas zu suchen. Würde der Gletscher abtauen, läge das Buch für alle sichtbar auf dem Fels. Nun könnten wir doch dem Buch den Klimawandel in die Schuhe schieben ..."

Enola muss lachen. Lisann schmunzelt.

Hans kann die Späße nicht lassen. „... denn mit dem Abtauen der Gletscher wird es gefunden werden. Es nutzt also seine Macht, die Atmosphäre der Erde aufzuheizen und ..."

Lisann unterbricht ihn. „Hans, es reicht. Die Klimaveränderung ist unsere Schuld. Wir Menschen allein sind dafür verantwortlich."

Hans lächelt und nickt. „Gut. Also, du musst das Buch holen, bevor der Gletscher taut. Aber du traust dich nicht, es allein zu tun. Deshalb bist du oft hier oben und beobachtest die Bergsteiger, die vorbeikommen. Eines Tages kommen wir des Wegs und du denkst, die beiden wären genau richtig für diese Aufgabe. Aber wir wollen zum Gipfel. Das Buch ist sauer. Seine Bergung stand kurz bevor. Also schickt es den Nebel, damit wir umkehren müssen, und es schickt den Sturm, damit wir in deinem Zelt Schutz suchen. Und du wirst uns tatsächlich überreden, das Buch aus seinem kalten Grab zu bergen. Aber in dem Sturm würden wir uns nicht aus dem Zelt wagen, geschweige denn in eine Gletscherspalte hinabklettern, um ein Buch zu holen. Also …" Hans blickt plötzlich auf, als ein Gedanke durch seinen Kopf schießt. Er beginnt zu lachen. „Also muss sich das Wetter bessern, in dem Moment, in dem wir dir versprechen, das Buch zu holen. Richtig?"

Lisann schüttelt den Kopf. „Du denkst, das sei ein Spiel. Du machst dir einen Spaß daraus, hm? Du bist doch kein …"

„Was geschieht danach?" Enola unterbricht sie. „Was machen wir, wenn wir das Buch haben? Der Geschichte deines Großvaters zufolge kann es nicht zerstört werden und nur in der Kälte verliert es den größten Teil seiner Macht. Warum sollten wir es aus dem Eis holen? Wohin dann damit?"

„Wir bringen es nach Frankreich, zum Mont Blanc. Die Gletscher im Mont-Blanc-Gebiet sind die mächtigsten der Alpenregion. Sie bleiben am längsten bestehen."

„Wieso nicht in die Antarktis?" Hans neigt seinen Kopf zur Seite und blickt Lisann fröhlich an.

„Du machst dich lustig über mich." Lisann schaut traurig zurück. „Aber ich habe mir das nicht ausgedacht.

Ich habe es nur versprochen. Ich habe es meinem Groß-vater versprochen. Und ich schaffe es nicht allein."

„Ich helfe dir." Enola rutscht an Lisanns Seite und legt ihr die Hand auf die Schulter. Dann sieht sie ihren Vater herausfordernd an.

Aber der starrt nachdenklich auf die Zeltwand. Es scheint, als lausche er dem Regen und dem Sturm. Dann blickt er die beiden an. „Erzähl uns deinen Plan, Lisann!"

Sie schaut Hans und Enola ernst an. „Ihr habt da draußen die Messgeräte gesehen. Wöchentlich sind Studenten und Gletscherforscher hier. Wenn sie zufällig das Buch finden, ist es um unsere Welt geschehen. Sie werden es untersuchen und es wird seine Macht entfalten. Sie mögen gute Absichten haben, aber es wird sich zum Bösen wenden. Das war schon immer so in der Wissenschaft. Entdeckungen werden gemacht und dann werden sie missbraucht. Atombomben, biologische und chemische Waffen, der Großteil der Technik, die uns dabei hilft unsere Erde zu zerstören. Und auch niemand sonst darf je von diesem Buch erfahren. Die Antarktis ist einfach zu weit entfernt. Das Risiko, dass unterwegs etwas schief geht, ist zu groß. Die Fahrt nach Chamonix zum Fuß des Mont Blanc dauert sieben Stunden. Die erste Seilbahn auf die Aiguille du Midi, das ist die Mittagsspitze, ein schroffer Gipfel unweit des Mont Blanc, geht morgen früh halb acht. Selbst wenn wir von dort nur den halben Weg schaffen würden, wäre das Buch in über 4000 Meter Höhe in einer der tiefsten Gletscherspalten der Alpen für die nächsten zweihundert Jahre sicher."

„Das hast du ja gut geplant, aber wie wollen wir es transportieren?" Hans grinst. „Es muss doch eingefroren bleiben. Hast du einen Gefrierschrank im Rucksack?"

Enola muss lachen.

Lisann lächelt. „Nicht ganz, aber einen Kühlbehälter, den wir mit Eis füllen können. Im Auto schließen wir ihn über den Zigarettenanzünder an die Batterie an."

„Gut. Aber was wird das Buch dazu sagen? Wird es nicht versuchen deinen Plan zu verhindern, so wie es uns zu dir zurückgebracht hat." Hans' Stimme klingt belustigt. Er kann es einfach nicht glauben.

Lisann blickt Hans in die Augen. „Ich mache dir einen Vorschlag. Versprecht, dass ihr mit mir das Buch heraufholt und es zum Mont Blanc bringt. Wenn sich das Wetter schlagartig bessert, werdet ihr euer Versprechen halten müssen. Falls der Sturm anhält, dürft ihr es brechen. Einverstanden?"

Hans schaut lächelnd zu Boden. Lisann benutzt seinen Gedanken vom Wetter, um ihn zu dieser verrückten Idee zu überreden. Er mag sie sehr. Lachend nickt er ihr zu. „Einverstanden, aber du trägst die Kosten der Expedition."

Er holt seine Brieftasche heraus. „In Hammersbach steht unser Auto, vollgetankt. Es genügt, um nach Hause zu kommen. Mehr ist nicht drin." Hans zeigt einen Fünf-Euro-Schein und einige Münzen.

Lisann denkt an ihr eigenes Auto auf dem Parkplatz. „In Ordnung. Ich zahle alles."

Hans und Enola heben die rechte Hand. „Wir versprechen dir zu helfen."

Hans mustert die Zeltplane. Das Flattern ist verstummt und auch der Regen ist nicht mehr zu hören. Sein Blick schweift durch das Zelt. Niemand regt sich. Es ist totenstill. Dann verändert das Zelt seine Farbe. Es wird heller. Hans fährt herum und reißt den Verschluss am Eingang auf. Licht fällt herein. Er stürzt nach draußen und starrt zum Himmel. Strahlend blau! Die Sonne ist bereits hinter der Zugspitze verschwunden, aber keine Wolke steht am Himmel. Das gibt es doch nicht! Noch vor einem Augenblick wütete hier ein Unwetter.

Staunend stehen Enola und Lisann neben ihm.

Hans sieht auf seine Uhr. Um sechs. Sie werden auf dem Weg ins Tal in die Dunkelheit kommen. Was für eine verrückte Idee. Ihm scheint alles so unglaublich. Es kann nicht sein. Es gibt keine Zauberei! Nach welchen Naturgesetzen sollte ein Buch das Wetter verändern können?

Er mag die Wissenschaft nicht, aber er weiß, dass Forscher schon viele Geheimnisse unserer Welt enträtselt haben. Er weiß aber auch, dass es einiges auf der Welt gibt, das ihren Augen verborgen bleibt, da die Wissenschaft oft nur Spezialgebiete betrachtet und oft den großen Zusammenhang zwischen allem übersieht. Das, was Hans „Natur" nennt.

Lisann reißt ihn aus seinen Gedanken. „Wir packen erst zusammen, dann hole ich das Buch."

„Du weißt genau, wo es liegt?"

„Ich war schon mal unten. Ich musste es einfach sehen. Ich habe es eine Stunde lang angestarrt, bis mir eiskalt war. Und dann wusste ich, dass ich es niemals allein schaffen würde."

„Du warst allein da unten?" Hans schaut bewundernd zur Gletscherspalte hinüber.

„Ich kann klettern." Lisann lächelt ihn an.

„Na dann wird das ja ein Kinderspiel."

*

Hans lässt es sich nicht nehmen, Lisann während ihrer Kletteraktion zu sichern und Enola dabei allerhand über Eisschrauben und Sicherungstechniken zu erklären.

Bald ist Lisann mit der Kühlbox im Rucksack aus dem Eislabyrinth der Gletscherspalte zurück. „Schnell! Packen wir zusammen – und ab ins Tal!"

„Moment." Hans klinkt sich aus den Seilen aus und kommt auf Lisann zu. „Versteh mich nicht falsch. In allen irdischen Dingen würde ich dir blind vertrauen. Aber die Sache mit dem Buch ist zu fantastisch." Hans steht jetzt genau vor Lisann, unweit der Gletscherspalte. „Ich möchte es sehen. Bitte zeige uns das Buch."

Lisann zögert. Sie hat es unten aus dem Eis geschlagen, ohne es zu betrachten. Schnell hat sie es in die Box gepackt, die Box mit Eis gefüllt und augenblicklich verschlossen. Sie fürchtet das Buch.

Für Hans ist es noch immer ein Spiel. „Nur ganz kurz. Wir wollen ja nicht riskieren, dass es seine Macht entfaltet. Aber ich muss es sehen."

„Nein!" Angst beherrscht Enolas Stimme. Sie hat Viktors Geschichte geglaubt, jede Einzelheit. Sie ist ein Kind. Für sie sind die Grenzen unserer Welt noch nicht abgesteckt. Tief in ihrem Herzen fürchtet sie das Buch. Und jetzt, als es so nah ist, in Lisanns Rucksack, weiß sie auf einmal, wie viele Schwierigkeiten sie bekommen werden. „Bitte nicht, Papa! Es ist wirklich ein Zauberbuch. Wenn du Lisann nicht glaubst, glaube mir!" Sie fleht ihn an. „Nur dieses eine Mal! Ich weiß nicht, ob alles richtig war, was du allein für uns entschieden hast, als Mama fortging. In dieses Haus im Wald zu ziehen, drei Kilometer täglich zur Schule zu laufen, Fahrrad zu fahren, natürlich zu leben. Aber ich habe dir vertraut. Und nun musst du mir vertrauen. Einmal, bitte! Ich weiß einfach, dass die ganze Geschichte wahr ist. Also lass uns zusammenpacken und losgehen."

Bewegt schaut Hans seine Tochter an. Sie ist ein Kind und doch kein Kind mehr. Er ist irgendwie stolz auf ihre Worte. Er lächelt. „Du kannst es nicht erwarten, zum Mont Blanc zu kommen, hm?"

Dann blickt er Lisann an. „Gut, gehen wir los."

Enola fällt ihrem Vater um den Hals. „Danke."

„Wofür?"

„Für alles."

Gewitter

Nach dem Gletschereis treffen sie auf Geröll, das unter Enolas Schritten nachgibt und zur Seite rutscht. Sie muss sich konzentrieren, um mit Lisann Schritt zu halten, die voran geht. Ihr Weg liegt vollständig im Schatten der Zugspitze. Je höher die Berge sind, desto früher ist die Sonne am Abend verschwunden. So bemerken sie die Wolken nicht, die sich am Himmel auftürmen. Aber Regentropfen lassen Enola nach oben sehen. Als der erste Donnerschlag durch das Tal hallt, bleibt sie stehen und sieht sich ängstlich nach ihrem Vater um. „Das Buch!"

„Ich weiß." Der plötzliche Wetterumschwung hat Hans überzeugt. Alles ergibt einen Sinn. Die Kälte in der Kühlbox reicht nicht aus. Einen Hauch seiner Macht kann das Zauberbuch entfalten. Wenn ihnen etwas passiert, wird das Buch von Menschen gefunden werden, die nichts über die Gefahren wissen, die von dem Buch ausgehen.

Als ein Blitz am Himmel zuckt und augenblicklich der Donner folgt, wissen sie, dass sie sich mitten im Gewitter befinden. Sie laufen schneller. Schon ist die Felskante erreicht, unter der sich das grüne Tal bis zur Hütte erstreckt. Aber der Weg hinab führt über die Eisensteige. Lisann geht geradewegs darauf zu.

„Lisann, der Metallschrott ist keine gute Idee bei Gewitter!"

Sie dreht sich kurz um, während sie ihren Rucksack abnimmt und ihr Seil herausholt. „Wir haben keine Wahl. Hier, wo wir stehen, geht es zu weit nach unten. Unsere Seile reichen nicht zum Abseilen. Wir müssen schnell über die Eisenstangen zur Leiter hinüber. Dort ist es nicht so tief wie hier und wir können uns am Seil hinunterlassen." Ihre Stimme wird beinahe vom Sturm erstickt. Sie reicht Enola den Karabinerhaken am Ende ihres Seils. „Klink dich ein und warte dann, bis ich drüben bin, okay?" Dabei sieht sie Enola mit einem so ruhigen und sicheren Blick an, als würde sie ihr im Klettergarten etwas erklären.

Lisanns Worte lassen Enola ihre klammen Hände vergessen. Sie wischt sich den Regen aus dem Gesicht, klinkt den Karabiner in ihren Klettergurt ein und beobachtet, wie Lisann elegant von einer zur nächsten Eisenstange schreitet, als laufe sie über eine flach auf dem Boden liegende Leiter. Ihre Hände gleiten geschickt das Sicherungsseil entlang und halten dabei das Bergseil, das zu Enola führt.

Lisann sichert sich neben der Eisenleiter und fädelt das Bergseil durch ihren Abseilachter. Sie ist mit Enola verbunden. „Enola, komm! Es ist wie auf dem Hinweg, also kein Problem für dich."

Ein mächtiger Donnerschlag hallt von den Bergwänden wider und versetzt Enola in Panik. Sie will hier weg, aber der einzige Weg führt über diesen

Klettersteig. Schnell steht Enola neben Lisann auf der vorletzten Eisenstange.

„Ich lasse dich jetzt hinunter. Halt dich am Seil fest und stütz dich mit den Beinen an der Wand ab. Das machst du nicht zum ersten Mal."

„Kein Problem." Enolas Stimme zittert, obwohl sie sich sicher ist. Aber sie hat Angst vor dem Buch. Das ist kein normales Gewitter. Der Regen trifft ihr Gesicht, als sie sich nach hinten lehnt und Schritt für Schritt rückwärts den Fels hinabläuft. Enola blickt am Seil nach oben, das Lisann mit fließenden Bewegungen nachgibt. Die Regenwolken stehen dunkel und bedrohlich über dem Gebirge. Wasser strömt in kleinen Rinnsalen neben Enola den Fels hinab. Gerade rechtzeitig schaut sie nach unten. Sie hat den Boden erreicht. Während sie sich ausklinkt, hört sie ihren Vater rufen, der bereits oben neben Lisann steht.

„Enola, geh von der Leiter weg, weg vom Eisen, ein Stück den Weg hinunter!"

Wieder kracht es ohrenbetäubend und Donner rollt das Tal hinab. Es ist ein beruhigendes Gefühl, festen Boden unter den Füßen zu haben. Enola folgt dem Pfad. Unzählige Regentropfen zeichnen einander durchdringende Kreise in die Pfützen. Dann dreht sie sich um. Die Felswand schimmert grau im Regen. Enola kann zwei helle Punkte auf ihr entdecken. Einer weit oben, der andere kurz vor dem Boden.

Plötzlich ist es taghell. Eine Lichterscheinung rast den Fels hinab. Donnerschlag summt in Enolas Ohren.

Geröll wird durch die Luft geschleudert. Ihr Schrei geht unter im Krachen von Gestein. Enola spürt ein leichtes Kribbeln in den Händen. Dann wird sie von einem heftigen Windstoß umgeworfen.

*

Lisann sieht einen Lichtblitz oben am Fels. Sie weiß, dass sie nicht mehr hoch über dem Boden ist. Die ganze Zeit dachte sie darüber nach, was sie machen müsste, wenn der eiserne Klettersteig tatsächlich einen Blitz anziehen würde.

Augenblicklich stößt sie sich mit den Füßen von der Wand ab und lässt das Seil los. Während ihr nasses Seil ungebremst durch den Abseilachter rutscht, dreht sie sich um. Der Boden rast auf sie zu. Sie reißt die Arme nach vorn, um ihren Sturz abzufangen. Lisann kracht auf das nasse Geröll. Lautes Donnern begleitet kleine Steinbrocken, die um sie herum auf die Erde schlagen. Schützend begräbt sie ihren Kopf unter den Armen.

*

Zuerst vernimmt Hans das Brummen im Eisen des Klettersteigs. Er kann das elektrische Feld förmlich spüren, das sich zwischen den Wolken und der Erde aufbaut. Dann gleichen sich die verschiedenen Ladungen aus. Ein Blitz schießt aus den Wolken und erreicht im selben Moment die Erde. Die elektrische Ladung sucht den Weg des geringsten Widerstandes. Wasser, das den Fels hinab rinnt, und der eiserne Klettersteig leiten den Blitz in die Erde. Nur ein Gedanke schießt Hans durch den Kopf. Weg vom Eisen! Aber wohin?

Als der Blitz mit lautem Knall über ihm in den Fels schlägt, springt Hans von der Eisenstange, auf der er steht, nach unten. Sein Klettergurt zieht sich um seine Hüften und Schultern. Das kurze Sicherungsseil strafft sich und gibt die Wucht seines Sturzes an das dicke Stahlseil des Klettersteigs weiter. Hans schlägt kurz unterhalb der Eisenstangen an den Fels. Licht und Donner hüllen ihn ein. Elektrisches Kribbeln jagt durch seinen schmerzenden Körper. Er will die Arme schützend über seinen Kopf halten, aber nur sein linker Arm gehorcht ihm. Begleitet von metallischem Klingen geht ein Steinschlag neben ihm nieder. Hans versucht die Finger seiner rechten Hand zu bewegen. Sie sind taub. Mit seiner linken greift er eine Eisenstange und versucht sich wieder nach oben zu ziehen. Es gelingt nicht, nicht nach diesem Sturz, nicht mit nur einer Hand, nicht mit dem schweren Rucksack auf seinem Rücken.

„Wirf den Rucksack ab, oder soll ich hochkommen?"

Das ist Lisanns Stimme.

„Nein! Wo ist Enola?" Hans dreht sich wie eine Spinne an ihrem Faden und blickt nach unten.

„Ich bin hier, Papa! Komm runter!"

Die Panik in der Stimme seiner Tochter macht ihm Angst. Er denkt an den Autoschlüssel in seiner Hosentasche. Der Inhalt des Rucksacks ist ihm egal. „Vorsicht!" Er wirft seinen Rucksack ab.

An einem Felsvorsprung schlägt dieser auf, und beginnt sich zu drehen, dann kracht er neben Lisann zu Boden. Sie versucht ihn zu halten, aber er überschlägt sich und rollt einen Hang hinab in die Dunkelheit zwischen knorrige Bäume und Gestrüpp. Lisann schaut ihm kurz nach. Dann blickt sie wieder nach oben. Hans hat sich auf die Eisenstangen gehievt. Soeben ergreift er Lisanns Bergseil und fädelt es mit einer Hand durch seinen Abseilachter.

Beängstigt verfolgen Lisann und Enola seinen Weg nach unten. Noch einmal zerreißt Donnerschlag die Stille. Dann hat auch Hans festen Boden unter den Füßen gefunden.

„Papa!" Enola fällt ihrem Vater um den Hals.

„Jetzt reicht es aber!" Hans löst sich ein wenig von seiner Tochter und schüttelt seine rechte Hand. Die Finger kann er wieder bewegen. Eine leichte Taubheit ist aber noch zu spüren. „Diese verdammte Schwarte von einem Buch!"

Erfreut vernimmt er Enolas Lachen über seinen Scherz. Dann mustert er die Schrammen auf Lisanns Gesicht. Klitschnasses Haar klebt an ihrer Stirn und ihren Wangen. „Bei dir alles in Ordnung?"

Lisann nickt. „Ich bin okay."

„Na dann lasst uns hier verschwinden." Hans blickt zurück zum Seil und zum Abgrund, in dem sein Rucksack liegt. „Das Zeug können wir nächste Woche holen." Er nimmt Enola ihren Rucksack ab und nickt ihr aufmunternd zu. „Du gehst voran, so schnell du kannst. Es wird Zeit, dass wir etwas warm werden."

Im Höllental

Als die Höllentalangerhütte aus dem Regen auftaucht, dreht sich Hans zu Lisann um. „Können wir den Zauberschmöker nicht beim Hüttenwart in die Gefriertruhe packen?"

Auch Enola muss lachen. Aber dann sieht sie traurig zur Hütte hinüber. Licht brennt hinter den unteren Fenstern. Wärme und Gemütlichkeit warten nur wenige Schritte entfernt. Schon oft mussten sie wegen ihrer knappen Kasse die schönsten Berghütten auslassen und irgendwo im Wald kampieren. Aber so sehnsüchtig wie heute hat Enola nie zu einer Hütte zurückgeblickt.

Wieder hallt ein Donnerschlag zwischen den Bergen. Lisann wendet sich an Hans. „Der Stangensteig ist unsicher bei Gewitter. Wir gehen durch die Klamm, einverstanden?"

„Klar."

Der Wanderweg bis zur Klamm ist einfach. Hans folgt Lisann und seiner Tochter bergab in ein enger werdendes Tal. Obwohl der Abend dämmert und seine Sachen klitschnass sind, ist ihm nicht kalt. Gewöhnlich bringt Regen in den Bergen Kälte mit sich. Aber dieser Regen ist warm. Hans bewegt die Finger seiner rechten Hand und beugt den Arm mehrere Male. Die

Taubheit ist fast verschwunden, doch die Gedanken an alles, was an diesem Tag geschah, bleiben. Hans denkt an Lisann. Er beobachtet, wie sie vor ihm den Pfad entlanggeht. Wie sie Pfützen geschickt ausweicht und ab und zu nach oben schaut. Er mag sie, sehr sogar. Hat er sich wegen ihr auf die verrückte Idee eingelassen, ein Buch in einer Kühlbox zum Mont Blanc zu bringen, um es dort in einer Gletscherspalte zu versenken?

Niemand, absolut niemand auf der Welt würde so etwas tun! Aber hat er nicht schon immer Dinge getan, die niemand sonst tun würde? Die Kinder allein großziehen, in einem heruntergekommenen Forsthaus im Wald leben, keine Zentralheizung, kein Fernsehen, kein Internet, drei Kilometer Schulweg, ihre ungewöhnlichen Urlaubsreisen ohne Geld mit Biwakieren oder Zelten, Natur statt Zivilisation. Würde Lisann diesen Weg mit ihm und den Kindern gehen wollen?

Das Rauschen des Flusses übertönt das leise Prasseln des Regens. Hans sieht sich erschrocken um. Sie sind am Eingang der Klamm. Eine hohe Felswand türmt sich vor ihnen auf. Um sie zu umgehen, müssen sie über eine Brücke auf die rechte Seite des Flusses. Einen Steinwurf weiter unten führt eine zweite Brücke zurück auf die linke Seite.

Plötzlich fallen ihm die Schilder ein, die er auf früheren Touren hier gesehen hatte. Sie sind an einigen Stellen an den Fels geheftet. „Steinschlaggefahr! Nicht stehenbleiben!" Gespannt schaut Hans nach oben. Regen trifft sein Gesicht.

„Papa, der Fluss!" Enola steht unschlüssig vor der ersten Brücke. Der Regen hat den Fluss in einen reißenden Strom verwandelt. Ab und zu schlagen Wellen über die Brücken. Diese sind schmale Stahlgestelle mit Holzplanken, ohne Geländer. Bald werden sie unpassierbar sein.

„Das Wasser steigt, schnell hinüber!" Lisann ergreift Enolas Hand, um sie über die erste Brücke zu geleiten. Vorsichtig tasten sie sich über den schmalen Steig.

Als sie auf der anderen Seite sind, schaut Enola zu ihrem Vater hinüber. Ein Lächeln huscht über ihr Gesicht. Dann starrt sie plötzlich an ihm vorbei. Grenzenlose Furcht steht in ihren Augen.

Ihr Vater fährt herum. Ein dicker Baumstamm treibt im Fluss auf die Brücken zu. Bestürzt sieht Hans, wie sich der dicke Stamm an den Steinen aufbäumt und überschlägt. Kurzzeitig ist er in den Fluten verschwunden, um dann emporzuschnellen und sich wenige Meter vor der ersten Brücke aufzurichten.

„Papa!" Während sie von Lisann weggezogen wird, schaut sich Enola um.

Hans hastet über die Brücke. Panisch springt er auf die andere Seite. Sein Ausruf ist ein einziges Schreien. „Lauft zur nächsten Brücke! Wir müssen wieder auf die andere Seite!"

Ein markerschütterndes Geräusch erstickt seine Worte. Während Enola und Lisann den Pfad hinunter zur zweiten Brücke rennen, blickt sich Hans erschrocken um. Der Baumstamm kracht gegen die erste

Brücke und hebt sie aus ihrer Verankerung. Die Brücke kippt hoch, überschlägt sich und verkeilt sich zwischen zwei Felsen. Der Stamm wird von den Wassermassen dagegengepresst. Wie ein Baum im Wald ragt er senkrecht nach oben. Und schon tost der Fluss über die entstandene Barriere hinweg. Seine Wellen brechen sich am Baumstamm und das Wasser spritzt nach allen Seiten. Der Fluss ist wild und wütend. Er hat einst dieses Tal geschaffen. Wer wagt es, sich ihm in den Weg zu stellen?

Noch hält das verkeilte Brückengestell stand. Aber Wasser ist unermüdlich. Es spült und presst, strudelt und wirbelt. Seine Kraft bewegt Kies, Geröll und Steine. Es kann Bäume entwurzeln und wie Streichhölzer knicken. Und es kann Stahl verbiegen.

„Der Stau hält nicht lange, schnell!" Hans sieht, wie Enola und Lisann die zweite Brücke überqueren. Als auch er die Brücke erreicht, erfüllt ohrenbetäubendes Knirschen das Tal. Entsetzt sieht Hans, wie sich die erste Brücke der Kraft des Wassers beugt und am Felsen entlangschrammt. Dann ist sie frei und wirbelt durch die Fluten auf ihn zu. Jedes Mal, wenn sie auf einen Fels prallt, der aus dem Wasser ragt, zerbrechen einzelne Holzplanken und verleihen der Brücke ein bizarres Aussehen.

Hans zwingt sich, nicht noch einmal zum Fluss zu schauen. Er muss sich auf den Weg über die glitschige Brücke konzentrieren. Es sind nur vier Schritte. Es sind aber auch vier Möglichkeiten auszurutschen. Noch drei

Schritte, noch zwei. Er hat das Gefühl zu langsam zu sein und schaut zur Seite. In diesem Moment schießt der Baumstamm über das schwimmende Wrack der ersten Brücke in die Höhe und trifft die Brücke, auf der Hans den letzten Schritt macht.

Enola will schreien, aber kein Laut kommt über ihre Lippen. Zu tief jagt ihr der Schreck in den Körper. Bestürzt beobachtet sie, wie die Wucht des Aufpralls ihrem Vater die Brücke unter den Beinen wegreißt. Er springt ab. Der Baumstamm schiebt die Brücke seitlich fort. Ihr Vater fliegt auf das Ufer zu. Gleichzeitig taucht das erste Brückenwrack aus den Fluten auf. Gischt sprüht Enola ins Gesicht. Eine mächtige Welle wirbelt beide Brücken in die Höhe. Die erste Brücke schlägt Enolas Vater im Sprung an die Füße.

Hans spürt einen Schmerz in seinem linken Fuß. Allein seine festen Bergschuhe bewahren ihn vor einer schlimmen Verletzung. Der Schlag bringt ihn aus dem Gleichgewicht. Er stürzt zu Boden und schlittert über den aufgeweichten Schotter. Die Brücken und der Baumstamm verschwinden in der Klamm.

Hans lässt sich von Lisann aufhelfen. Dann starrt er zu seiner Tochter hinüber, die wie versteinert am Ufer des tosenden Flusses steht. „Enola?" Schnell ist er bei ihr. „Enola, komm! Wir müssen hier weg." Unbeholfen nimmt er ihre Hände, aber sie sieht ihn nur ausdruckslos an. „Enola, komm schon. Wir müssen weiter."

„Ja." Ihre Antwort klingt gleichgültig. Ihr Blick ist leer.

Hans schaut nach oben. Es regnet noch immer. Er fürchtet Steinlawinen und zieht Enola mit sich in Richtung des ersten Tunnels, der in die Klamm führt.

Wortlos folgt Lisann den beiden. Sie bemerkt Enolas Gleichgültigkeit, sieht, dass Hans hinkt und zweifelt mit einem Mal an der ganzen Unternehmung.

Was hat sie sich da ausgedacht? Das Buch holen und zum Mont Blanc bringen? Sie werden es nicht einmal bis ins Tal schaffen. Und sie hat die beiden in diesen Wahnsinn hineingezogen. Ein Kind und seinen Vater. Nach dem, was sie gehört hat, haben Hans und seine Kinder genug Probleme. Lisann spürt, wie ihr Tränen über das Gesicht laufen. Was hat sie getan? Es war ihr Versprechen, das sie ihrem Großvater gegeben hatte, und sie hat kein Recht, andere Menschen damit zu belasten. Sie muss es allein schaffen.

Lisann beobachtet, wie Hans und Enola den Tunnel erreichen. Hans kramt in Enolas Rucksack und holt eine Stirnlampe hervor. Enola steht benommen daneben. Sie hat einen Schock erlitten. Lisann beginnt zu schluchzen, während sie ihren Rucksack absetzt. Dann nimmt sie ihre Stirnlampe heraus und geht auf Enola und Hans zu. Beschämt schaut sie zu Boden und versucht ihre Tränen zu verbergen. Sie ist dankbar für die Dunkelheit im Tunnel, denn sie kann die beiden nicht ansehen. „Ich … es gibt keine Entschuldigung für … hier ist meine Lampe." Sie hält Hans die Lampe hin. „Geht weiter! Die Klamm ist tief. Die anderen Brücken kann das Wasser nicht erreichen. Ich werde hier warten, mit dem Buch. Vielleicht zwei … drei Stunden, bis ihr unten seid." Sie drückt Hans die Lampe in die Hand und sieht ihn an. „Geh jetzt, Hans, deine Kinder brauchen dich! Geht, ich schaffe das schon allein mit dem Buch."

Hans sieht Lisann an. Ihr Gesicht ist nass von Regen und Tränen. Ihr Haar klebt an Stirn und Wangen. Ihre Hände zittern. Dann umschließt er mit seiner Hand die Lampe und auch Lisanns Hand. Er spürt ihr Zittern, ihre Angst und ihre Traurigkeit. Hans geht einen Schritt auf sie zu und nimmt sie in die Arme.

„Es tut mir so leid." Sie beginnt wieder zu weinen. Diesmal versucht sie nicht, ihre Tränen zurückzuhalten. Nach einer Weile löst sie sich aus Hans' Umarmung und zieht einen nassen Brustbeutel unter ihrer Jacke hervor. Unbeholfen holt sie zwei zerknitterte Geldscheine heraus. „Hier, nehmt euch im Tal ein schönes Zimmer." Sie drückt Hans das Geld in die Hand. Dann dreht sie sich um und geht zurück zu ihrem Rucksack am Eingang des Tunnels. Nach drei Schritten vernimmt sie Enolas Stimme.

„Aber wir haben es versprochen. Und ein Versprechen muss man halten." Noch immer starrt Enola vor sich hin und ihre Stimme klingt eintönig.

Lisann bleibt stehen und blickt über ihre Schulter zurück. „Dieses nicht, Enola, dieses nicht."

„Doch, gerade dieses! Du bist in derselben Lage wie wir. Wenn nicht das Buch das schlechte Wetter macht, wieso sollten wir dich dann im Stich lassen? Und wenn das Buch das schlechte Wetter macht, wenn es wirklich ein böses Zauberbuch ist, dann müssen wir versuchen, seinen Fluch zu brechen. Nicht, weil du es deinem Großvater versprochen hast, sondern um unsere Welt zu beschützen." Langsam dreht Enola den Kopf und schaut ihren Vater an. „Papa, du hast uns Kindern immer gesagt, dass wir die Natur schützen müssten, dass jeder tun sollte, was er kann. Auch wenn es viele andere nicht machen. Auch wenn es nicht viel bewirkt. Papa, hier ist unsere Chance, etwas zu bewirken. Lass uns das Böse in diesem Buch besiegen! Lass es uns im ewigen Eis am Mont Blanc versenken!"

Hans regt sich nicht, aber in seinem Kopf kreisen die Gedanken. Enola ist noch nicht erwachsen, aber ein Kind ist sie auch nicht mehr! Seine Tochter hat recht. Sie hat auf den Punkt gebracht, was auch ihm durch den Kopf ging. Egal, ob Buch oder Zufall, das Schicksal hat sie zusammengeführt. Und gemeinsam müssen sie sich ihrem Schicksal stellen, was auch immer die Welt mit ihnen vorhat. Er geht zu seiner Tochter. „Alles in Ordnung?"

„Ja, was ist mit deinem Fuß?"

„Muss gehen. Unsere Apotheke war in meinem Rucksack und der ist noch oben am Klettersteig. Zuerst der Arm und jetzt der Fuß. Kennt ihr den Spruch ‚Den letzten beißen die Hunde'?"

Rasch hinkt Hans zu Lisann hinüber und gibt ihr Geld und Stirnlampe zurück. Dann hebt er ihren Rucksack auf, reicht ihn ihr und deutet eine Verbeugung an, während er mit dem rechten Arm und geöffneter Hand den Tunnel hinabzeigt. „Ladies first!"

Enola muss lachen und geht voraus.

Auch über Lisanns Gesicht huscht ein Lächeln. Sie schaltet ihre Stirnlampe ein und setzt sie auf. Augenblicklich ist der Tunnel taghell.

Begeistert dreht sich Enola um. „Das gibt es doch nicht!"

Hans seufzt, setzt Enolas Lampe auf seinen Kopf und betätigt den Schalter. Sein schwaches Licht fällt kaum auf.

Lisann lächelt ihn verschmitzt an. „Na, schon eingeschaltet?"

„Vielleicht ein Problem mit den Kontakten." Beschämt schlägt Hans mit der flachen Hand von oben auf die Lampe. Sie flackert und nach dem dritten Schlag leuchtet sie ein wenig heller. „Also los!"

Im Eiltempo bringen sie Tunnel für Tunnel hinter sich. Auf den Wegen dazwischen hasten sie aus Angst vor Steinschlägen eng an der Felswand entlang. Einmal führt eine Wendeltreppe in den Fels hinunter und unten wieder heraus, aber keiner begeistert sich für die fantastische Architektur dieses einzigartigen Weges.

In der engen Klamm ist es mittlerweile recht dunkel. Hans' Stirnlampe scheint nur noch matt und er hofft, dass Lisanns Lichtkanone bis zum Auto durchhält. Enola läuft in Lisanns Lichtkegel vornweg. Ihren Schock hat sie überraschend schnell verwunden. Sie bewegt sich zügig und sicher. Auch der Schmerz in

Hans' Knöchel ist erträglich. Sein Fuß wird erst über Nacht anschwellen.

Hans' Blick wandert immer wieder zum Fluss. Das Wasser steigt weiter und donnert nur noch ein bis zwei Meter unterhalb des Klammwegs entlang. Besorgt schaut Hans nach oben. Er fürchtet Steinlawinen, oder sogar Erdrutsche.

Dann ist es tatsächlich soweit. Entsetzt nimmt Hans wahr, wie sich ein ganzer Felsturm bewegt, der rechts den Fluss begrenzt. Noch ragt er steil in die Höhe. Aber ein kleiner Wasserfall ergießt sich von oben in den Spalt zwischen Felsturm und Klammwand. Das Wasser spült die letzte Verbindung zwischen Turm und Wand fort und der Fels neigt sich bedrohlich auf ihre Seite.

Soeben sind Enola und Lisann im Tunnel vor Hans verschwunden. Er schreit ihnen nach, doch sein Rufen geht im Tosen des wilden Flusses unter. Er rennt in der Dunkelheit des Tunnels, stolpert über die Unebenheiten des Bodens und kann Lisann an der Schulter herumreißen. „Halt!" Hans stürzt an ihr vorbei. „Enola, bleib im Tunnel! Enola!"

Aber Enola hat den Tunnel bereits verlassen, als sie jemanden rufen hört. Sie dreht sich um und erstarrt. Ihr Blick jagt an einem Felsturm in die Höhe, der gegenüber in der Klamm steht. Er neigt sich zu ihr herüber. Enola schreit. Dabei streckt sie dem Fels die Arme entgegen, als könne sie ihn aufhalten. Aber sie hält ihn nicht auf. Niemand kann das. Als sie das erkennt, verwandelt sich ihr Schrei in ein panisches Kreischen. Die Todesangst in ihrer Stimme lässt die Elemente erzittern und ruft das Wasser zu Hilfe. In ihren Träumen ist sie mit dem Wasser verbunden. In ihren Träumen ist sie sich dieser Macht bewusst. In der Wirklichkeit kann sie die Kraft des Wassers nur unbewusst entfesseln – in Todesangst.

Eine haushohe Welle türmt sich in der Klamm auf und kracht gegen den Felsturm. Die Wucht des Aufpralls lässt das Wasser sintflutartig in alle Richtungen spritzen. Aber nicht das Wasser wirft Enola um, sondern ihr Vater, der sie im selben Moment erreicht. In vollem Lauf schlingt er die Arme um sein Kind und wirbelt es im Kreis um sich herum.

Enola wird von den Füßen gerissen. Die Welt dreht sich um sie. Felsen rasen an ihr vorbei. Gischt hüllt sie ein. Sie hört ihren Vater aufschreien, als sie zu Boden stürzen.

Starr vor Schreck verharrt Lisann im Tunnel. Enola und Hans wirbeln vor ihren Augen den Weg hinab. Dann sind sie im nächsten Tunnel verschwunden. Im selben Moment kracht der Felsturm gegen die Außenwand jenes Tunnels und zerfällt in tausend Brocken, die sich im Flussbett auftürmen. Eine riesige Geröllhalde versperrt dem Fluss seinen Lauf durch die Klamm, eine Geröllhalde, die Weg und Tunnel überragt.

Voller Entsetzen beobachtet Lisann, wie der Fluss sich an der Halde staut und rasant ansteigt. Schon hat er den Pfad überflutet und sucht durch den Tunnel

einen Weg um den Stau herum. Lisann rennt durch knietiefes Wasser zu Enola und Hans, die sich aus den Fluten erheben. In ihrem Lichtkegel sieht sie blutige Schrammen in Hans' Gesicht. Er steht leicht gebeugt und hält sich den Rücken. Enola scheint in Ordnung zu sein. „Hans, Enola, lauft! Wenn uns das Wasser hinter dem Tunnel in die Klamm spült …" Lisann kommt nicht dazu weiterzureden. Das steigende Wasser reißt sie mit sich fort, an Hans vorbei. Vor sich sieht sie Enolas Kopf im Wasser, knapp unter der Tunneldecke. Hinter sich hört sie Hans rufen.

„Haltet euch links!" Er weiß, dass es in der Mitte des Tunnels eine weite Öffnung gibt, die wie ein riesiges Fenster hinaus in die Klamm blickt. Dort wird sich das Wasser teilen. Ein Strudel wird sich nach rechts durch die Öffnung in die Klamm ergießen, ein anderer dem Tunnel folgen. Sie müssen versuchen in den linken Strudel zu kommen, der bis zum Ende des Tunnels weiterfließt. Der folgende Weg hat ein Geländer aus Stahlseil. Sie haben noch ihre Klettergurte an. An den Seilen könnten sie sich sichern. Aber schon hebt das Wasser Hans bis an die Tunneldecke. Er holt tief Luft. Vor sich sieht er Lisanns Lichtkegel durch die Fluten tanzen. Dann taucht er unter.

Das Wasser spült Lisann durch den Tunnel hindurch, als wäre sie in einem Schlauch. Auch sie weiß, dass dieser Schlauch rechts ein großes Leck hat, durch das sie alle in die Klamm stürzen könnten. Sie kann trotz ihrer Lampe unter Wasser nichts erkennen. Der klare Bach hat sich in einen erdfarbenen Strom verwandelt.

Plötzlich spürt sie Enolas panische Bewegungen neben sich. Sie hält das Mädchen mit einer Hand fest und sucht nach ihrer eigenen Seilsicherung. Endlich hat Lisann den Sicherungskarabiner in der Hand. Sie hakt ihn in einen Riemen an Enolas Klettergurt ein. Das Rauschen des Wassers, in dem sie treiben, wird lauter. Das Leck im Wasserschlauch! Lisann zieht Enola nach links.

*

Enola hat Augen und Mund geschlossen. Sie rudert mit Armen und Beinen. Sie will an die Oberfläche. Aber hier gibt es kein oben und kein unten. Wasser ist um sie herum. Es rauscht und trägt sie mit sich fort. Sie ist verloren im Wasser. Aber sie lebt. Das kann nicht die Wirklichkeit sein. Sie muss träumen. Oder doch nicht? Enola spürt einen Körper an ihrer Seite, dann Ziehen und Zerren an ihrer Kleidung. Das Rauschen wird lauter. Plötzlich holt sie ein schmerzhafter Aufprall in die Wirklichkeit zurück. Das Wasser spült sie gegen die Felswand links der Öffnung in die Klamm.

Enola taucht aus den Fluten auf. Sie holt tief Luft. Gleichzeitig reißt sie die Augen auf und wird von gleißendem Licht geblendet. Sie blickt genau in Lisanns Stirnlampe hinein. Enola will zu ihr, aber sie kann sich nicht bewegen. Das Wasser presst sie gegen den Fels. Sie spürt raues Gestein an ihrem ganzen Körper. Rechts von ihr sprudelt das Wasser durch das Fenster im Tunnel hinab in die Klamm. Die Strömung will sie dort hinausziehen, aber Enola wird gehalten. Sie hängt in ihrem Klettergurt, in den ein Karabinerhaken eingeklinkt ist, von dem aus eine Reepschnur zu Lisann führt. Sie ist im Tunnel, weit links vom Fenster. Lisann ist in Sicherheit. Enola will zu ihr, aber sie schafft es nicht. Zu heftig ist der Strudel, der sie am Fels gefangenhält und aus dem Tunnel in die Tiefe der Klamm ziehen will.

Schon rutscht sie ein wenig nach rechts. Das Rauschen dröhnt in ihren Ohren. Sie hört kaum das heftige Atmen von Lisann, die verbissen gegen die Strömung ankämpft. Enola versucht sich festzuhalten. Ihre Hände tasten panisch den Fels ab. Hier und da eine kleine Vertiefung, aber kein richtiger Griff, der sie halten könnte. Sie rutscht weiter nach rechts. Die Strömung zerrt an ihrer Kleidung. Sie spürt die Riemen ihres Klettergurtes. Dann sind ihre Füße frei und werden durch die Öffnung in die Klamm gezogen. Enola krallt sich mit ausgestreckten Armen an den Fels. Bald baumelt sie an Lisanns Reepschnur wie ein Köder an der Angel. Die Strömung wird sie in die Tiefe der Klamm reißen. Enola schreit. „Lisann! Papa!"

*

Auch Hans wirbelt durch den Tunnel wie in einem Schlauch. Er hat den Mund geschlossen und hofft, dass die Luft reicht, bis sich das Wasser teilt. Plötzlich stößt er mit dem Kopf an ein Hindernis an der linken Tunnelwand. Im selben Augenblick erlischt seine

105

Stirnlampe. Sie hat den Stoß abgefangen. Hans weiß sofort, welches Hindernis das ist. Eine der Lampen, die tagsüber die Tunnel erleuchten. Am Ende des Tages werden sie abgeschaltet. Deshalb waren die Tunnel die ganze Zeit über dunkel. Die Lampen sind mit einem Elektrokabel verbunden, das sich durch sämtliche Tunnel zieht. Hans greift zu. Während ihn die Strömung an der Tunnelwand entlangtreibt, versucht er das Kabel zu erwischen. Es ist hin und wieder an der Felswand befestigt und kann ihm Halt geben. Tatsächlich bekommt er es zu fassen und schließt seine Hände um den Plastikmantel. Augenblicklich wird sein Körper von der Strömung herumgerissen. Schon hängt er mit den Füßen voran im Strudel. Er hangelt sich am Kabel entlang, bis er spürt, dass die Strömung ihn nicht mehr den Tunnel hinunter, sondern von der Wand wegziehen will. Hier ist die Öffnung in der Tunnelwand. Das Wasser teilt sich und steht nicht mehr bis zur Decke. Hans zieht sich nach oben und taucht auf. Da klingt Enolas Schreien in seinen Ohren.

Hans wirft den Kopf herum und sieht seine Tochter im Strudel am Rand der Öffnung. Der Lichtkegel aus Lisanns Stirnlampe unterstreicht den gespenstigen Eindruck. Lisann steht in der Tunnelströmung und krallt sich an den Fels. Aber Hans sieht, dass die Strömung durch das Leck stärker ist und Enola und Lisann früher oder später in die Klamm spülen wird. Er hält sich nur noch mit der linken Hand fest und tastet mit der rechten nach seiner Seilsicherung. Schnell befestigt er sie am Kabel. Entkräftet lässt er es los. Die Strömung reißt ihn in Richtung der Öffnung, dann strafft sich die Reepschnur und Hans baumelt am Kabel der Tunnelbeleuchtung. Fast kann er Lisann mit ausgestrecktem Arm erreichen. Er sucht seine zweite Seilsicherung und streckt sie ihr entgegen. Aber er kommt nicht heran und Lisann hat keine Hand frei, um sie nach ihm auszustrecken. Würde sie den Fels loslassen, risse der Strudel sie und Enola augenblicklich fort.

Hans streckt sich soweit er kann. Es fehlt nur eine Armlänge, dann könnte er seine zweite Sicherung in Lisanns Klettergurt einklinken. Hans zieht und zerrt. Er windet sich hin und her. Er schafft es nicht. Er kommt nicht näher heran, verdammt! Er sieht die Anspannung auf Lisanns Gesicht, die Furcht in Enolas Augen, die versucht über Wasser zu bleiben. Beider Kraft ist am Ende.

Auf einmal gibt es einen Ruck. Zwei der Kabelhalterungen reißen aus der Wand. Das Kabel entfernt sich ein Stück von der Wand und Hans findet sich plötzlich neben Lisann wieder. Sofort klinkt er seinen Karabinerhaken in Lisanns Hüftgurt ein.

Lisann lässt den Fels los und wird mit Enola in die Mitte des Strudels gespült. Nun hat sie beide Arme frei und zieht Enola gegen die Strömung aus der Fensteröffnung.

Krampfhaft schlingt Enola ihre Arme um Lisann. „Lass mich nicht los!"

„Niemals!" Lisann hält sie fest.

Hans schließt die Augen und atmet tief ein. Er beginnt zu zittern. Das Wasser ist kalt. Sie baumeln in der Strömung an ihren Sicherungen wie Fische an der Angel. Wann bricht endlich der Stau in der Klamm und lässt den Fluss in sein Bett zurückkehren?

Ein plötzlicher Ruck reißt Hans aus seinen Gedanken. Das Kabel! Schon bricht eine weitere Kabelbefestigung aus der Wand, dann noch eine. Das Kabel reißt Stück für Stück von der Wand! Und jeder Ruck treibt die drei näher an den Rand der Klamm. Hans versucht sich an seiner Reepschnur ans Kabel zu ziehen. Es gelingt ihm nicht. Zu stark ist die Strömung in Richtung Klamm. Er blickt zurück und sieht, wie sich Enola an Lisann klammert. Der Lichtkegel von Lisanns Lampe tanzt durch die Schlucht und wirft wilde Muster auf die Felswände und auf den breiten graubraunen Strom, der endlich durch die Klamm rauscht. Der Damm ist gebrochen! Der Fluss hat den Stau gesprengt. Mit einem Mal lässt die Strömung im Tunnel nach. Das letzte Wasser fließt flutartig hinaus. Der Alptraum ist vorbei.

Klitschnass liegt Hans im Matsch auf dem Tunnelboden. Er möchte liegenbleiben, vielleicht ein bisschen schlafen. Aber er kriecht auf Händen und Füßen zu seiner Tochter und Lisann. Schwerfällig steht er auf, zieht die beiden an sich und schließt sie in seine Arme. Eine Weile stehen sie so da.

„Mir ist kalt. Können wir weiter?" Enola klingt, als hätten sie eine gemütliche Pause gemacht.

Ihre Worte versetzen Hans in Erstaunen. Ist sie jetzt im wahrsten Sinne des Wortes mit allen Wassern gewaschen? Sind die ständigen Schrecken des Weges für seine Tochter plötzlich alltäglich? Ist sie in eine andere Art Schock gefallen? Aber sie hat recht. Er sieht, dass sie und Lisann am ganzen Leib schlottern. Auch ihm ist eiskalt.

Sie streichen sich mit zitternden Händen das Wasser aus der Kleidung und lösen ihre Seilsicherungen voneinander. Dann macht sich Hans vom Elektrokabel los. Seufzend betrachtet er die Halterungen, die aus dem Fels gerissen wurden. „Die werden meckern, wenn sie sehen, wie das jetzt dahängt."

„Und erst die beiden oberen Brücken!" Lisann ist erleichtert, dass Enola verhalten über diese Späße lacht.

„Na hoffentlich sind die beiden nächsten noch da." Hans legt seinen Arm um die Schulter seiner Tochter. In Lisanns taghellem Lampenlicht gehen sie schnell weiter. Es gibt nichts mehr zu sagen. Sie müssen durch die Klamm hinunter ins Tal, so schnell wie möglich. Die eigenartigen Zufälle häufen sich. Aber Hans denkt nicht in erster Linie an das Buch. Seine Gedanken drehen sich um ihren Weg und um seinen Fuß. Er versucht sich zu beeilen, aber sein Knöchel schmerzt jetzt sehr. Hans ist zu langsam. Er hält Lisann und Enola nur auf. Aber sie haben nur noch eine Lampe, die funktioniert.

Begleitet vom Tosen des Wassers bringen sie die Klamm Tunnel für Tunnel und Treppe für Treppe hinter sich. Dann öffnet sich ein Tunnel nach rechts und eine schmale Brücke mit einem Drahtseilgeländer führt über den Abgrund, in dem der Fluss dahindonnert.

Hans bleibt stehen, und Regen trifft sein Gesicht, als er nach oben schaut. Er kann das graue Band des Himmels von den schwarzen Felswänden unterscheiden, die die Klamm rechts und links begrenzen. Er wendet sich an Lisann. „Mein Fuß tut höllisch weh, hier im Höllental – nein, im Ernst. Ich bin zu langsam. Lisann, gehst du voraus, so schnell du kannst?" Hans deutet die Klamm hinunter. Unweit spannt sich schemenhaft die letzte Brücke über den tosenden Fluss. „Noch die Eisenbrücke und ein Tunnel, dann ist die Klamm zu Ende und …"

Lisann unterbricht ihn. „Aber eure Lampe ist kaputt."

„Da vorn wird das Tal breiter, dort ist es nicht mehr so dunkel. Bring das Buch zu deinem Auto und schließ den Kühlbehälter an. Wenn er funktioniert, wird das Wetter besser. Dann kannst du zurückkommen und uns einsammeln."

Lisann nickt und schiebt sich auf der schmalen Brücke an Hans vorbei. Als sie ihm ganz nah ist, flüstert sie ihm ins Ohr. „Ich komme zurück."

Hans nickt. „Das wäre schön."

„Bis später, Enola. Du bist das tapferste Mädchen, das ich kenne!" Und bevor Enola etwas entgegnen kann, ist Lisann im Tunnel hinter der Brücke verschwunden und rennt los, so schnell es ihr Rucksack erlaubt.

Hans nimmt Enolas Hand. „Komm weiter."

Enola folgt ihm über die Brücke. „Was macht dein Fuß?"

„Geht schon, nur nicht schnell."

Der nächste Tunnel ist kurz. Enola kann den Ausgang grau schimmern sehen. Der Schatten ihres Vaters tastet sich rechts an der Tunnelwand entlang. Er hat das Ende erreicht. Weiter vorn sieht Enola Lisanns Lichtkegel auf der Eisenbrücke.

Plötzlich dröhnt es im Tunnel – nein, in der Klamm!

Ihr Vater dreht sich um und stößt Enola tiefer in den Tunnel hinein. „Ein Erdrutsch, zurück!"

„Aber ..." Enolas Blick rast an ihrem Vater vorbei. „Lisann!" Mit weit aufgerissenen Augen starrt Enola zur Eisenbrücke. Noch sieht sie Lisanns Licht. Dann stürzen Steine und Geröll wie ein rasch heruntergelassener Vorhang von oben in die Schlucht. Es kracht und donnert. Das Holz der Brücke splittert. Wasser spritzt auf. Dann verhüllt feuchter Nebel die Sicht. Lisanns Licht ist verschwunden.

Der Regen löst den Dunst rasch auf. Wie versteinert starrt Enola auf das Eisengestell, das sich verbogen bis auf die andere Seite der Klamm windet. Sämtliche Holzplanken der Brücke wurden zertrümmert und in den Fluss gerissen. Wo ist Lisann?

*

Lisann rennt über die Brücke, als sie ein Donnern hört, das selbst das Tosen des Flusses übertönt. Ein einziger Sprung befördert sie in den nächsten Tunnel, der direkt hinter der Brücke beginnt. Sie schlittert über

den nassen Boden, während hinter ihr eine Steinlawine unter heftigem Krachen die Holzplanken der Brücke zerstört.

Hans und Enola! Sie waren hinter ihr! Angsterfüllt springt Lisann auf die Füße und schaut durch den Tunneleingang zurück. Langsam lichtet sich der Nebel. Lisann tritt vorsichtig an den Rand der ehemaligen Brücke. Unter ihr tost der Fluss. Nur das Eisengestell der Brücke ist noch vorhanden. Dann sieht sie Hans und Enola am oberen Tunnel. Hans winkt und bedeutet ihr weiter zu gehen. Undeutlich hört sie seine Worte.

„Lauf, Lisann! Wir schaffen das schon."

Froh darüber, dass ihnen nichts passiert ist, winkt Lisann zurück. Sie kann ihnen hier nicht helfen. Die einzige Hilfe wäre, das Buch zum Auto zu bringen und den Kühlbehälter in Gang zu setzen. Es ist viel zu warm. Das Buch ist mächtig geworden.

Schon rennt Lisann los. Es geht treppab. Während ihre rechte Hand das Geländer entlanggleitet, überspringt sie drei bis vier Stufen mit einem Schritt, wieder und wieder. Lisann fliegt den Weg entlang, schneller als der Fluss, der an ihrer Seite in der Tiefe der Klamm zu Tale strömt. Vor ihr taucht die Eingangshütte auf. In einem Schwung passiert sie die Drehtür, dicht an das Metallgitter gepresst, so dass auch ihr Rucksack hindurchpasst. Dann zieht sie im Laufen noch einmal die Trageriemen ihres Rucksacks straff und sprintet den Weg hinunter ins Tal. Nach einer Weile trifft der Fluss auf den breiten Weg. Er hat sich nach dem Verlassen der

Klamm beruhigt, tritt aber hier und da über seine Ufer. Lisann rennt durch das Wasser hindurch, dass es nur so spritzt. Weiter unten im Tal bemerkt sie den Wind, der immer stärker wird. Er weht ihr entgegen, versucht sie zu verlangsamen und wirft Bäume über den Weg. Aber er kann sie nicht aufhalten. Niemand kann das. Lisann rennt und springt, rutscht aus, stolpert, fängt sich wieder und rast weiter. Sie kämpft gegen den Regen, den der Wind ihr wie Nadeln entgegenschickt, gegen die Sturmböen, die sie mitunter fast umwerfen, gegen Hagelschlag und gegen das Stechen in ihrer Lunge. Sie kann nicht mehr, aber sie läuft weiter, immer weiter, für Enola und Hans, für ihren Großvater Viktor und für Ninaras Wald in jener Traumwelt.

Auf dem Parkplatz pflügt sie durch knietiefe Pfützen, fischt beim Laufen ihren Autoschlüssel aus der Innentasche und fällt völlig erschöpft gegen ihren Wagen. Mit zitternden Händen öffnet sie hastig die Fahrertür. Schnell schiebt sie den Schaltknüppel in Leerlaufposition, beugt sich über das Lenkrad und steckt den Zündschlüssel ins Schloss. Noch während sie draußen steht, startet sie den Motor.

Noch nie in ihrem Leben fand sie ein Motorengeräusch so schön, so erlösend und befreiend. Das leise Schnurren des Motors klingt wie Musik in ihren Ohren. Sie stellt ihren Rucksack auf den Fahrersitz, kramt das Kabel vom Kühlbehälter heraus und steckt es in die Buchse des Zigarettenanzünders. Mit weichen Knien, aber einem Lächeln im Gesicht, sinkt sie neben dem Auto in den Matsch und lehnt sich an die offene Tür. Während sie von Regentropfen im Gesicht gekitzelt wird, schaut sie ungeduldig zur Anzeige auf dem Kühlgerät. Nach endlos scheinender Zeit leuchtet eine grüne Lampe auf. Lisann blickt nach oben. Es hat aufgehört zu regnen.

*

Während Enola beobachtet, wie Lisanns Lichtkegel den Klammweg hinuntertanzt, schaut Hans seine Tochter an. Im Dämmerlicht sieht er ihre blauen Lippen nicht, aber er bemerkt, dass auch sie zittert. Es ist nicht kalt, aber sie sind beide klitschnass. Hans nimmt Enola für einen Moment in die Arme. Dann drückt er sie noch einmal ganz fest und gibt sie frei. „Ich hatte dir auf dem Hinweg erzählt, dass ich früher diese Brücke ohne die Holzplanken überquert habe. Auch wenn das Gestell verbogen ist, bleibt es dasselbe. Wir müssen uns aber eine Sicherung überlegen. Das Geländer ist zu dick, um einen Karabinerhaken einzuklinken. Wir ..."

„Papa, das dauert zu lange." Enola sieht ihm in die Augen. „Ich kann das. Es ist wie eine der Passagen im Klettergarten. Ich will hier weg. Ich ..."

Ihr Vater hört nicht mehr zu. Hektik und überstürztes Handeln waren noch nie gut in den Bergen. Aber natürlich hat seine Tochter recht. Ihre Finger sind klamm. Es würde ewig dauern, Seilsicherungen ein- und auszuhängen. Außerdem brauchen sie die Hände zum Festhalten. Dann sind da noch der Regen und die Steinschlaggefahr. Sie müssen schnell sein. „Gut."

Hans atmet tief durch. „Zieh deine Handschuhe aus. Du brauchst das Gefühl in den Fingerspitzen. Wir halten uns mit den Händen am Lampenkabel fest. Manchmal verläuft es zu eng am Fels. Dann musst du einfach ein Stück weiter oder etwas kürzer greifen. Über den Fluss gibt uns das Brückengeländer Halt. Alles klar?"

Enola stopft die Handschuhe rechts und links in ihre Jackentaschen. „Alles klar!"

„Dann los! Ich steige vor. Bleib dicht bei mir."

Enola nickt. Zwei Eisenschienen führen über den Abgrund, in dem der Fluss tobt. Zwischen den Schienen lagen die Holzplanken. Aber nun ist dort gähnende Leere. Die rechte Schiene verläuft an der Felswand, die linke, von mächtigen Winkeln gestützt, direkt über dem Fluss. Enola sieht nicht nach unten. Vorsichtig tastet sie nach dem Lampenkabel. Es ist nass, aber gut zu greifen. Sie kann nicht an ihm entlanggleiten, da es ab und zu im Fels verankert ist. Also sucht sie immer erst links einen neuen Halt, dann fasst sie rechts nach, zuerst langsam und vorsichtig, aber zunehmend geht es besser. Ihre Füße bewegt sie auf der Profilschiene, die an der Wand verläuft. Mitunter stoßen ihre Fußspitzen an den Fels und Enola erschrickt. Doch bald setzt sie die Füße exakt an die Stellen, an denen die Schiene nicht so eng am Fels verläuft.

Das Ende ist nur einen Steinwurf entfernt. Aber Enola kann ihr Ziel nicht sehen, denn vor ihr klettert ihr Vater. Er schaut ständig herüber und das macht sie zunehmend nervös. Doch sie könnte ihn niemals dazu bewegen in dieser Lage nicht auf sie aufzupassen. Er würde es auch schaffen sie blitzschnell an Arm oder Jacke zu greifen, falls sie doch einmal abrutschen sollte. Und dieser Gedanke lässt Enola wieder ruhiger werden. Sie hat zu klettern. Das fordert ihre Aufmerksamkeit.

„Enola, wir überqueren jetzt den Fluss. Aber wir müssen auf die linke Schiene der Brücke wechseln." Furcht liegt in der Stimme ihres Vaters.

Enola schaut an ihm vorbei und erkennt den Grund dafür. Durch die Steinlawine wurde das rechte Geländer so verbogen, dass man sich nicht mehr daran festhalten kann. Das linke Geländer hat nur einen kleinen Knick in der Mitte. Dann verliert sich Enolas Blick in der Tiefe unter dem Eisengestell. Sie starrt wie gelähmt in den tosenden Fluss. Riesige Wellen sprudeln über Felsvorsprünge. Mächtige Fontänen schießen an Felsnasen in die Höhe. Das Wasser schäumt und spritzt. Gischt behindert ihre Sicht und das Brüllen des Flusses dröhnt in ihren Ohren. Kaum vernimmt sie das Rufen ihres Vaters.

„Enola, komm schon! Es ist nur ein Schritt." Ihr Vater steht bereits auf der linken Schiene über dem rauschenden Wasser und hält sich mit einer Hand am Geländer fest. Die andere streckt er Enola entgegen. „Nimm meine Hand."

Aber Enola sieht nicht ihren Vater, sondern nur den brodelnden Abgrund. Was wäre, wenn sie dort hineinfiele? Könnte sie nicht mit dem Wasser ins Tal schwimmen und dort einfach aus dem Fluss steigen? Oder hätte die unbändige Kraft des Wassers sie bis dahin ertränkt oder an den Felsen zerschmettert?

„Enola, sieh mich an! Enola!" Aber selbst das Schreien ihres Vaters dringt nicht zu ihr herüber. Sie ist mit den Gedanken im Wasser. Sie spielt mit Fontänen und lässt sich von den Wellen treiben. Der rasende Fluss fließt wie in Zeitlupe dahin, wie eine sanfte träge Masse. Sie könnte auf ihm spazierengehen, die Klamm hinabfahren wie auf einer gigantischen Rolltreppe. Sie könnte loslassen und der Fluss würde sie auffangen …

Plötzlich dringen Worte an ihr Ohr, die den Fluss wieder toben lassen. Aber nicht, weil sie so laut sind, oder so nah. Nein, Enola hört zu, weil die Bedeutung der Worte so ungewöhnlich ist.

„… regnet nicht mehr … hat endlich aufgehört … ein Stern."

Ein Stern? Enola schaut nach oben. Nur einer? Nein, viele! Fünf, sechs, sieben, zwölf! Sie kann ein blauschwarzes Himmelsband zwischen den Klammwänden entdecken. Der Himmel ist mit Sternen geschmückt, keine Wolke ist mehr zu sehen, kein Regen, kein Unwetter. Also muss Lisann im Tal sein. Dann hat sie es geschafft! Dann …

„Enola, gib mir deine Hand."

Ihr Vater steht noch immer auf diesem dünnen Eisenband über dem Abgrund. Enola strahlt ihn an. „Lisann hat es geschafft! Sie ist am Auto." Und getragen von diesem Gedanken greift sie seine Hand und lässt sich über die sprudelnden Wassermassen auf die linke

Schiene ziehen. Dann hangelt sie sicher am Geländer entlang und fällt ihrem Vater auf festem Grund in die Arme. Auch ihm steht die Freude ins Gesicht geschrieben. Und leichten Schrittes lassen sie die Klamm hinter sich.

Vergessen sind die Schrecken des Weges, Gewitter, Überschwemmungen und Lawinen. Funkelnde Sterne schmücken den Himmel. Der Halbmond schimmert durch die Bäume.

Auf einmal tanzt vor ihnen ein Lichtkegel den Weg herauf. Jetzt ist Enola nicht mehr zu halten. „Lisann! Lisann!" Schon jagt sie dem Licht entgegen. Die Anspannung der letzten Stunden entlädt sich in Jubelschreien. Enola wirft Lisann beinahe um, als sie ihr in die Arme springt.

Hans beobachtet, wie Lisann ihre Lampe ausschaltet. Aber es scheint ihm, dass von ihr und Enola noch immer ein Strahlen ausgeht, so hell und silbrig wie das Licht des Mondes. Als Hans sie erreicht, drückt Lisann ihn an sich.

Gletscher von Argentiere

Aiguille Verte

Petite Aiguille Verte

obere Seilbahnstation

Gletscher von Lognan

Zweiter Teil: Französische Alpen
Blick von Les Lacs des Chéserys

Autos

„Nein!" Hans bleibt stehen und beginnt zu lachen. „Das ist nicht dein Auto! Lisann, komm schon, du willst uns veralbern."

Hans dreht sich in verschiedene Richtungen und sucht den riesigen, fast leeren Parkplatz ab. „Wo ist dein Auto wirklich? Irgendein alter, klappriger, sympathischer Geländewagen, meinetwegen auch ein Käfer oder ein Renault 5. Enola, hast du so einen irgendwo gesehen?"

Ihr Vater macht sich über Lisann lustig. Enola kann nicht darüber lachen.

Aber Lisann lacht zurück. „Hans, das ist mein Auto, auch wenn ich dich enttäuschen muss."

Hans wird kurzzeitig ernst. „Du enttäuschst mich nicht. Aber ..." Dann beginnt er wieder zu lachen. „... Lisann, damit kommst du nicht mal bis zum Bodensee." Mit wenigen steifen Schritten umrundet Hans Lisanns knallroten Smart als wäre er eine abstrakte Plastik auf einer Kunstausstellung. „Der Motor läuft. Musstest du ihn anlassen, weil er schlecht anspringt?"

Lisann verdreht die Augen und lacht. „Die Kühlbox mit dem Buch braucht jede Menge Strom. Ich habe Angst, dass sich die Batterie entlädt, wenn ich ihn abstelle."

„Na, da mach dir mal keine Sorgen." Hans kramt verschmitzt in seiner Hosentasche. „Ich hab hier noch eine Taschenlampenbatterie …" Er kommt nicht dazu, seinen Scherz zu beenden, denn Enola unterbricht ihn.

„Papa, sei jetzt still! Mir gefällt der Kleine."

Aber Hans ist in seinem Element. Und nach der Anspannung der letzten Stunden tun ihm die Späße gut. „Ja, für dich wäre er auch groß genug, aber wir sind erwachsen. Da passt nicht mal ein Kasten Bier in den Kofferraum."

„Jedenfalls ist er sparsam."

„Sparsam?" Hans zeigt auf die Auspuffgase, die der Abendwind über den Platz treibt. Er bemerkt einen Mann, der aus der Dunkelheit auf sie zukommt. Doch er schenkt ihm keine Beachtung. „Sparsam ist mein Fahrrad. Und in meinem Fahrradanhänger ist mehr Platz als in deinem Kofferraum."

„Aber ich finde überall eine Parklücke, selbst auf überfüllten Parkplätzen." Lisann beschreibt lachend einen weiten Bogen mit ihrem Arm. Mit einem Mal hält sie inne.

Ein Mann steht neben ihnen. Er ist in Hans' Alter, trägt saubere trockene Sachen und hat ein neugieriges Funkeln in den Augen. „Guten Abend." Noch während Enola, Lisann und Hans einen Gruß murmeln, spricht er weiter. In seiner Stimme liegt etwas Bayrisches, aber es ist nicht der Dialekt, der normalerweise hier am Alpenrand gesprochen wird. „… war ein ganz schöner Regen, was? Kamen Sie das Höllental herab?"

Hans geht einen Schritt auf den Mann zu. Etwas an seiner Art gefällt ihm nicht. „Ja."

„Wieso lassen Sie den Motor laufen? Springt er schlecht an?" Die Frage klingt jedoch keineswegs scherzhaft.

Lisann erschrickt. Sie war Hans und Enola entgegengegangen und die ganze Zeit lief der Motor ihres Smart. Es war wegen der Kühlbox und ihrer Batterie. Sie dachte nicht im Traum daran, dass jemand um diese Zeit hierher käme.

Hans antwortet für sie. Er versucht betont freundlich zu klingen. „Wieso müssen Sie das wissen?"

„Ach, Entschuldigung, meine Name ist Naubert. Ich bin Reporter. Ich will etwas über dieses ungewöhnliche Wetter schreiben."

Hans grinst ihn an. „Also, wir haben nichts dagegen." Dann wendet er sich an Lisann und zeigt auf ihr Auto. „Hast du trockene Sachen da drin?"

„Ja, in meinem riesigen Kofferraum." Lachend öffnet sie die Heckklappe und nimmt eine Reisetasche und eine kleine Vorratstasche heraus.

Aber Naubert lässt nicht so schnell locker. „Wie sieht es im Höllental aus? Sie sind verletzt. Hatten Sie Schwierigkeiten? Ist der Weg durch die Klamm noch begehbar? Was ist mit den Brücken?"

Hans geht noch einmal auf Naubert zu. Schmunzelnd betrachtet er den nassen Schmutz an dessen Halbschuhen. „Am besten, Sie gehen selbst mal hoch." Dann schweift sein Blick kurz zum Himmel. „Das

Wetter scheint zu halten. Aber uns ist kalt, wir sind müde und fahren jetzt heim." Mit diesen Worten beugt sich Hans in Lisanns Smart hinein und schaltet den Motor aus.

Lisann erstarrt. Sie beobachtet, wie Hans den Stecker der Kühlbox abzieht und sie herausnimmt.

Er klemmt sich den Kühlbehälter unter den Arm und wirft Lisann ihren Autoschlüssel zu. „Schließt du ab, Schatz?"

Erstaunt öffnet Lisann den Mund ohne etwas zu sagen.

Aber schon wendet sich Hans an Enola. „Komm, Enola, wir gehen schon mal vor." Dann streichelt er die Kühlbox unter seinem Arm. „Ich freue mich richtig auf ein eiskaltes Bier."

Verhalten lacht Enola über die Schlagfertigkeit ihres Vaters und Lisann löst sich endlich aus ihrer Starre und spielt mit. Sie schließt ihr Auto ab und wirft Naubert einen flüchtigen Blick zu. „Tja, so sind die Männer. Nur ihr Feierabendbier im Blick." Dann setzt sie ihren Rucksack auf und schleppt ihre beiden Taschen bewusst tollpatschig Enola und Hans hinterher.

Naubert schaut ihnen grübelnd nach. Irgendetwas stimmt hier nicht. Das Auto mit laufendem Motor, ein anderes drüben in der Dunkelheit, die abweisende Haltung des Mannes, die Überraschung auf dem Gesicht der Frau, die Kühlbox mit dem Bier. Naubert hat gelernt zu beobachten und wachsam zu sein. Ihm entgeht nichts. Während er zu den Bergen hinaufschaut,

die im silbrigen Mondlicht erstrahlen als wäre nichts gewesen, zieht er sein Notizbuch aus der Hosentasche.

*

Hans stellt die Kühlbox hinter den vorgeklappten Fahrersitz und schließt das Kabel an. Dann klappt er den Sitz wieder nach hinten.

Lisann schmunzelt, als sie näherkommt und Hans' alten Daihatsu Feroza betrachtet. „Und der schafft es zum Mont Blanc?"

„Aber hallo!" Er bemerkt, dass Lisann die Rostlöcher in den Kotflügeln mustert. „Reine Äußerlichkeiten, darauf kommt es nicht an. Die inneren Werte sind viel wichtiger, oder etwa nicht, Enola? Hat er uns je im Stich gelassen?"

Enola steht auf dem Türschweller der Beifahrerseite und schaut über das Dach zu Lisann und Hans hinüber. „Noch nie. Aber sagst du nicht, es gäbe immer ein erstes Mal?"

„Enola, beschwöre kein Unglück herauf. Wir können nicht mit Lisanns Spielzeugauto nach Frankreich fahren." Und bevor eine der beiden gegen seinen Scherz protestieren kann, redet Hans mit ernster Stimme weiter. „Es ist das Buch, dass uns die Unglücke beschert hat. Ich weiß nicht wie, aber all das, was wir erlebt haben, waren keine Zufälle. Ich habe den Rest des Weges darüber nachgedacht. Wir können uns keine Ruhepause verschaffen und das Buch in eine Gefriertruhe packen. Dann gäbe es womöglich Stromausfall, oder sonst irgendein Unglück."

Dann schaut er mit ernster Miene zu Naubert hinüber, der weit entfernt im Mondlicht steht. „Und dieser Zeitungsfritze gefällt mir überhaupt nicht. Also, ich denke, wir fahren zum Mont Blanc. Das heißt, ich fahre die Nacht durch, und ihr versucht im Auto zu schlafen. Mit meinem Fuß schaffe ich es sowieso nicht weiter, als die Seilbahn fährt. Ihr müsst das Buch allein hinauf zum Gletscher bringen, aber ich bin noch nicht sicher, ob ich das will." Hans schaut ernst von Lisann zu Enola.

„Ich kann das, Papa. Lisann ist doch dabei."

„Das Buch aber auch! Aber das ist jetzt egal. Wir fahren erst einmal los, alles weitere können wir unterwegs besprechen und überdenken." Hans setzt sich auf den Fahrersitz und will den Motor starten. Es gelingt nicht. Der Anlasser schnurrt, der Motor brummt kurz auf, aber er springt nicht an. Auch nicht beim zweiten Versuch und nicht beim dritten.

Auf Lisanns Gesicht zeichnet sich ein breites Grinsen ab. „Soll ich schieben?" Aber bald weicht ihr Lächeln blanker Furcht, die sie ganz bleich werden lässt.

Hans versucht es wieder und wieder. Der Wagen springt nicht an.

Lisann schaut angsterfüllt zur Kühlbox.

Erneut betätigt Hans den Anlasser. Außer einem abgehackten Brummen ist nichts zu hören.

Enola schaut in den Wagen hinein. „Komm schon." Vor sich hin murmelnd entdeckt sie die Schweißperlen auf der Stirn ihres Vaters. „Bitte, spring an. Spring endlich an!" Ihr Murmeln wird zu einem Flehen. Aber erst die Worte ihres Vaters helfen.

„Na los, mach schon, du elende Schrottkarre!"

Tatsächlich beginnt der Motor zu tuckern. Eine graue Rauchwolke steigt hinter dem Fahrzeug auf.

Lisann mustert den Qualm. „Benzinverbrauch?"

„Knapp doppelt so viel wie deiner, aber es passt zehnmal soviel hinein." Er gibt im Stand ein wenig Gas bis der Motor schön rund läuft. Dann steigt er wieder aus. „Ziehen wir uns erst einmal etwas Trockenes an."

Eistraum

Enola hat es sich auf dem Rücksitz hinter Lisann inmitten von Decken bequem gemacht. Neben ihr im Fußraum steht die Kühlbox mit dem Buch. Als der Wagen gemütlich über die Straße schaukelt, bemerkt sie, wie erschöpft sie ist.

Im Radio kommen Nachrichten und es wird von einem unerklärlichen Wettersturz mit starkem Regen und Überschwemmungen im Zugspitzgebiet berichtet. Dann unterhalten sich Lisann und Hans über das Buch und den Mont Blanc. Anfangs versucht Enola soviel wie möglich von dem Gespräch mitzubekommen, aber nach kurzer Zeit hat sie der Schlaf übermannt.

*

Schwerelos schwebt Enola in weißem Nebel. Dann spürt sie ihr Gewicht und festen Boden unter den Füßen. Dunkelheit löst den Nebel ab. Und Kälte, eisige Kälte. Undeutlich nimmt sie die Umgebung wahr und gewöhnt sich an die Dunkelheit. Aber an die Kälte kann sie sich nicht gewöhnen. Sie fröstelt. Mit steifen Bewegungen dreht sie sich um sich selbst. Es knirscht unter ihren Füßen. Sie blickt zu Boden. Eiskristalle! Sie steht auf gefrorenem Schnee. Enola wagt einen Schritt. Ihr Blick kämpft sich durch die Dunkelheit. Sie entdeckt bizarre Eisgebilde, die neben ihr in die Höhe ragen, die sich über ihr vereinen und die Decke einer riesigen Eishöhle bilden. Enola geht zur nächsten Eiswand hinüber und berührt sie vorsichtig mit ausgestrecktem Arm. Schnell zieht sie ihre Finger zurück. Die Kälte ist unerträglich. Sie hält ihre Hände vor den Mund und haucht sie an. Eine weiße Wolke hüllt sie ein. Während sie die Fäuste vor dem Gesicht aneinanderreibt, geht sie weiter.

Ziellos schlendert sie durch ein Labyrinth aus Eis. Sie betrachtet spiegelglatte, bläulich schimmernde Wände und tiefe, oft nur handbreite Spalten, die die Wände teilen. Ihr Blick schweift an mächtigen Eistürmen nach oben. Von der Decke der Höhle scheinen gigantische Eiszapfen direkt auf sie herabzuzielen. Enola drückt sich an die Wand. Zitternd schaut sie nach rechts und links. Wie soll sie sich entscheiden? Welcher Weg führt aus der Höhle heraus? Heraus aus der Dunkelheit, heraus aus der Kälte?

Abwechselnd blickt sie in beide Richtungen. Dann sieht sie etwas schimmern. Ein rötlicher, warmer Schein liegt rechts auf den Eisformationen und zieht Enola magisch an. Sie weiß nicht, wer sie ist und woher sie kommt. Aber sie weiß, dass sie zu diesem Licht muss. Langsam schleicht sie den Gang entlang. Die Höhle windet sich und das warme Licht tanzt zwischen den Eiswänden.

Enola läuft schneller. Schon erstrahlt die ganze Höhle in rotem Glanz. Sie rennt um einen zerklüfteten Eisblock herum und bleibt schlagartig stehen. Ihre

Füße rutschen auf dem körnigen Schnee. Sie kämpft um ihr Gleichgewicht, aber ihre wahre Aufmerksamkeit wird von der Quelle des Lichts gefesselt.

Ein dickes, rotes Buch liegt auf einem tischhohen Eisblock und strahlt wie die untergehende Sonne. Gebannt tritt Enola näher. Ehrfurchtsvoll bewundert sie den feurigen Einband. Es scheint ihr, als ob das Buch glühe. Sie bleibt genau vor ihm stehen und neigt den Kopf zur Seite. Langsam streckt sie ihre Hand aus, um es zu berühren. Enola fürchtet, es könne heiß sein, aber es liegt auf dem Eis und das schmilzt nicht. Behutsam streicht sie über die Muster auf dem Einband.

Dann schlägt sie es auf.

Lichter schießen aus dem Buch heraus an ihr vorbei. Sterne ziehen leuchtende Schleppen hinter sich her und jagen auf verschlungenen Bahnen um sie herum. In Spiralen schweben glühende Funken vor ihren Augen in die Höhe. Aus der aufgeschlagenen Seite strömt farbiger Nebel und hüllt erst das Buch und dann Enola in feurigen Dunst ein.

Plötzlich hört sie ein Summen hinter sich – nein, neben sich. Enola entdeckt eine Wespe, die zwischen den bunten Sternen durch den Nebel schwirrt. Sie landet schließlich neben dem Buch. Das Summen verstummt und die Wespe streicht mit den vorderen Beinchen über ihre Fühler. Belustigt mustert Enola das kleine Tierchen. Wo kommt die Wespe her? Verwirrt schaut sich Enola um.

Da beginnt es erneut zu summen. Enola blickt zum Buch zurück. Die Wespe ist nicht zu sehen. Aber das Summen wird lauter. Es dringt unter dem aufgeschlagenen Buchdeckel hervor. Dann hebt sich der Buchdeckel höher und höher. Das Summen wird noch lauter und mit einem Schwung klappt das Buch zu. Augenblicklich sind Nebel, Sterne und Farben verschwunden. Die Wespe sitzt erschöpft auf dem Einband und putzt ihre Fühler.

Schlagartig wird Enola wieder kalt. Sie ist noch immer in der eisigen Höhle. Wie schön war es in dem farbigen Nebel! Es war warm oder zumindest nicht zu kalt. Enola will erneut das Buch öffnen. Aber als sie den Buchdeckel hebt, hält die Wespe dagegen. Das Summen ihrer Flügel schmerzt in Enolas Ohren. Sie bemüht sich das Buch zu öffnen, aber der Deckel hebt sich nicht. Stattdessen wird aus dem Summen der Wespe ein motorisches Brummen. Sie tanzt wie ein Wassertropfen in einer heißen Pfanne auf dem Buchdeckel.

Enola denkt an die bunten Lichter und erfasst das Buch mit beiden Händen. Es muss doch zu öffnen sein! Warum lässt die Wespe sie das Buch nicht öffnen? Enola wird sauer. Sie möchte die Farben wiedersehen und die Sterne und den bunten Nebel. Sie möchte heraus aus dieser Kälte, heraus aus der Eishöhle.

Plötzlich fegt sie mit einer schnellen Bewegung die Wespe vom Buchdeckel. Enola nimmt das Buch hoch und bemerkt, wie leicht es ist. Dann dreht sie sich um

und rennt den Weg zurück, den sie gekommen ist. Die Wespe kam aus dieser Richtung. Also muss dort der Ausgang sein. Enola hält das wunderschöne Buch mit beiden Händen an sich gepresst und rennt. Sie denkt an die wunderbaren bunten Muster und an die Wärme, die ihr das Buch verspricht. Sie wird es wieder aufschlagen, wenn sie erst die Höhle verlassen hat.

*

Die Wespe spürt, wie Enolas Schlag sie vom Buch herunterwischt. Sie versucht ihren Sturz abzufangen, indem sie einfach losfliegt. Aber zu schnell rast die Wand hinter dem Eistisch auf sie zu. Sie kracht dagegen und segelt zu Boden. Weich wird sie vom Schnee aufgefangen. Wunderschöne Schneekristalle hüllen sie ein und die Kälte beginnt sofort sie zu lähmen. Könnte sie doch mit dem Mädchen reden! Aber ihre Stimme erfror, kurz nachdem sie in dieses Eislabyrinth eingeflogen war. Jetzt wird bald ihr ganzer Körper erfrieren.

Nein! Sie muss das Mädchen warnen! Es kennt das Buch nicht. Es wird seinen Verlockungen erliegen und dann erneut die Welt in ein Unglück stürzen. Sie muss das Mädchen erreichen, bevor es die Höhle verlässt. Mit großer Anstrengung bewegt die Wespe ihre Flügel. Die Schneekristalle lasten schwer auf der zarten Haut. Vorsichtig krabbelt die Wespe an die Oberfläche der Schneedecke. Dann fliegt sie los. Die Kälte lässt keine schnelle Flügelbewegung zu und so schwirrt sie kurz über dem Boden dahin. Mühsam weicht sie bizarren Eisgebilden aus. Sie ist zu langsam. So wird sie das

Mädchen nicht einholen. Aber die Bewegungen ihrer Flügel erwärmen ihren Körper. Sie gewinnt Abstand vom Schneeboden und bald schießt sie wie ein Pfeil durch das blaue Labyrinth. Eistürme fliegen an ihr vorbei, während sie überlegt, wie sie das Mädchen stellen könnte. Sie ist erschöpft, ihre Kraft beinahe am Ende, und so wird ihr klar, dass sie nur eine Möglichkeit hat das Mädchen aufzuhalten.

*

Enola spürt den eisigen Wind, den ihr Sprint hervorruft. Mit jedem Atemzug fühlt sie die stechende Kälte in ihrer Lunge. Sie hört das Knirschen des Schnees unter ihren Füßen und dann vernimmt sie ein Summen, das schnell näherkommt. Ängstlich sieht sich Enola um und erspäht den gelbschwarzen summenden Punkt, der direkt auf sie zufliegt.

Die Wespe schießt ihr zwischen die bloßen Hände, die das Buch halten. Dann verspürt Enola den stechenden Schmerz. Ein Schrei verlässt ihre Lippen, während sie das Buch fallenlässt und nach der Wespe schlägt.

Die Wasser der Arve

„Autsch!" Enola schreckt aus dem Schlaf auf.

Hans wendet kurz den Kopf zur Seite, überlässt es aber Lisann nach Enola zu schauen. Konzentriert fährt er weiter. Der Morgen dämmert. Sie sind bereits in Frankreich und haben soeben den Col des Montets passiert. Das ist der letzte Gebirgspass vor Chamonix. Von Chamonix aus geht die Seilbahn hinauf zur Aiguille du Midi in Richtung Mont Blanc.

„Enola? Alles in Ordnung? Hast du geträu…?" Lisanns letzte Frage bleibt ihr im Hals stecken. Starr vor Schreck ist ihr Blick auf die Kühlbox geheftet. Der Deckel ist geöffnet und Lisann kann den roten Rand des Zauberbuches sehen. Blitzschnell schlägt sie den Deckel zu. Die grüne Kontrolllampe leuchtet noch. Lisann atmet tief durch, während sie Enolas übereinandergelegte Hände betrachtet.

„Ich habe geträumt." Enolas Stimme klingt verstört. „Ich habe von dem Buch geträumt. Ich wollte es aus einer Eishöhle holen. Dann hat mich eine Wespe gestochen." Als ob sie ihre Worte beweisen wolle, hebt Enola die rechte Hand von der linken. In ihrer hohlen Hand liegt eine Wespe.

„Was ist los?" Hans blickt kurz nach hinten.

„Wespenstich." Mehr bringt Lisann nicht hervor.

„Im Handschuhfach ist Apis, homöopathische Kügelchen gegen Stiche." Hans kurbelt genervt am Lenkrad. Er mag die kurvenreichen Zickzack-Straßen vor und nach den Gebirgspässen nicht.

Aber Lisann reagiert nicht auf seine Worte. Gebannt starrt sie nach hinten und versucht zu verstehen, was dort vorgegangen ist.

Noch betroffener ist Enola selbst. Sie beobachtet, wie sich die Wespe in ihrer Hand bewegt und setzt sie vorsichtig auf die Lehne der Rückbank. Glücklicherweise ist dem kleinen Tierchen nichts passiert, als sie es geschlagen hat. „Tut mir leid, Kleine." Traurig sieht sie zu, wie die Wespe ihre Fühler putzt und die Flügel summen lässt. Enola denkt an die offene Kühlbox. Hat sie das Buch tatsächlich in ihren Händen gehabt? Wollte sie es aus dem Kühlbehälter nehmen? Und hat die Wespe sie daran gehindert, im Traum, wie auch in der Wirklichkeit?

Aber sie kommt nicht dazu, weiter zu denken.

„Verdammt!" Furcht liegt in Hans' Stimme.

„Was ist los?" Lisann dreht sich nach vorn.

„Der Motor ist aus." Hans tritt die Kupplung und lässt den Wagen rollen. Die Straße führt stetig bergab. Mit der Bremse kann Hans die Geschwindigkeit kontrollieren. Ab und zu lässt er die Kupplung kommen, damit der Wagen wieder anspringt. Aber es gelingt nicht. Der Motor bleibt stumm.

„Halt an." Lisann schaut nach vorn, um zu sehen, wo das auf dieser schmalen Straße gefahrlos möglich wäre.

„Kann ich nicht! Der Zeitungsfritze ist hinter uns." Hans schaltet in den Leerlauf. Der Wagen rollt.

„Was?" Enola dreht sich um und sieht durch das Heckfenster einen silbernen Kleinwagen. „Der Naubert oder wie der hieß, der vom Parkplatz?"

„Ja. Er ist die ganze Nacht hinter uns hergefahren. Ich konnte ihn nicht loswerden."

„Roll weiter bergab. Ich überlege mir was." Lisann schaut nach vorn und denkt nach. Sie kennt dieses Tal sehr genau. Oft war sie hier zum Klettern und Bergsteigen an den großen Gletschern des Mont Blanc. „Es kommt nur noch eine Kurve, dann geht es geradeaus bis nach Argentière."

„Sollen wir von dort bis Chamonix rollen? Das schaffen wir nie."

„In Argentière nehmen wir den Bus oder ein Taxi oder ..." Lisann schüttelt hilflos die Hände vor ihrem Körper.

„Nein! Sobald wir anhalten, ist der Naubert da und stellt uns tausend Fragen, die wir nicht beantworten können. Der ahnt schon etwas. Ich meine, er hat keine Ahnung von dem Buch, aber der schnüffelt es dann schon heraus. Da hätten wir das Buch gleich an der Zugspitze lassen können."

Enola schaut aus dem Fenster und bewundert die riesigen Berge, die das Tal begrenzen, in das sie hinunterrollen. Die Gipfel sind schneeweiß. Mächtige Gletscher ziehen an ihren zerklüfteten Flanken herab. Breite Spalten zerschneiden die weißen Flächen. Bizarre

Eisbrüche thronen über steilen Abgründen. „Und wenn wir es zu einem anderen Gletscher bringen?"

„Das schaffen wir nicht. Wir können unmöglich zu Fuß da hoch. Das dauert viel zu lange." Hans steuert durch die letzte Kurve nach dem Pass. Er sieht einige Häuser.

„Grands Montets." Lisanns Worte klingen wie eine Erlösung. „Natürlich! Die Grands Montets, wir können auf die Grands Montets." Sie stahlt Hans an und zeigt durch die Frontscheibe nach links oben. „Von Argentière fährt eine Seilbahn dort hinauf. Argentière. Das ist der Ort da vorn! Im Ort ist eine Brücke über die Arve. Bis dahin können wir rollen. Die Seilbahn ist auf der anderen Seite." Lisann schaut auf ihre Uhr. „Kurz vor sieben. Halb acht fährt die erste Gondel."

Hans blickt den Gletscher hinauf. „Wie hoch ist das? Dreitausend?"

„Drei drei."

„Denkst du, das genügt?"

„Es ist die Nordseite der Aiguille Verte." Lisanns Augen leuchten, als sie an diesen faszinierenden Viertausender denkt. „Der Gletscher liegt fast ständig im Schatten, direkt an der Seilbahnstation."

Enola beugt sich ganz nach links, um durch das Seitenfenster bis zum Gipfel zu schauen. Dort hinauf? Voller Ehrfurcht und dann wieder voller Begeisterung betrachtet sie die Berge, die Wunder der Alpen. Aber ihr schaudert, als sie an ihren Eistraum denkt und an die Erlebnisse im Höllental. Ein beunruhigendes

Gefühl erfasst sie. Mit einem Mal bekommt sie Angst. Das Buch ist Wirklichkeit und auch die Zauberei. Enola weiß es.

Ihr Blick schweift zum Kühlbehälter. Sie schreit auf. „Die Lampe leuchtet rot!"

Im selben Moment tritt ihr Vater ins Leere. Das Bremspedal reagiert nicht mehr. Panisch zieht er die Handbremse. Die Reifen quietschen für einen kurzen Moment. Dann spürt er förmlich, wie das Bremsseil reißt. Der Wagen rollt weiter und wird schneller. An beiden Seiten fliegen Häuser vorbei. Die Straßen sind zum Glück nicht so voll wie tagsüber. Hans schaut in den Rückspiegel. Naubert ist dicht hinter ihm.

„Pass auf!" Lisann zeigt nach vorn.

Ein Wagen kommt aus einer Seitenstraße und setzt sich vor sie. Hans hält das Lenkrad krampfhaft fest. Soll er dem Wagen hinten drauffahren? Das würde ihre Fahrt bremsen und sie zum Anhalten bringen. Hans überlegt. Gedanken jagen durch seinen Kopf. Nein! Ein Unfall würde zuviel Aufsehen erregen. Hans reißt das Lenkrad nach links und rast an dem Franzosen vorbei. „Lisann, wo geht es hier bergauf?"

„Hinter der Brücke."

„Wo ist die verdammte Brücke?"

„Da vorn!"

Hans sieht die Brücke und den tosenden Gletscherfluss, der unter ihr entlangschießt. Sie werden es niemals über diese Brücke schaffen! Sie sind zu schnell, viel zu schnell für die Kurve davor.

„Hans, leg einen Gang ein und lass den Motor bremsen!"

„Da fliegt uns das Getriebe um die Ohren."

„Na und? Hauptsache wir kommen zum Stehen!"

Enola stützt sich gegen den Vordersitz. Gespannt schaut sie zur Kühlbox. Ängstlich betrachtet sie die Wespe, die neben ihr auf der Lehne sitzt. Dann hört sie das laute Brummen und spürt einen kurzen Ruck. Die rollenden Räder bewegen den Motor. Er bremst sie ab, aber nicht genügend.

„Es reicht nicht!" Hans schaltet vom vierten in den dritten Gang. Er sieht die Brücke auf sich zurasen. Erneut brummt der Motor auf und der Wagen wird langsamer. Schon ist die Brücke da. Das Schalten in den zweiten Gang verursacht ein spitzes Kreischen. Die Reifen quietschen. Hans erkennt, dass sie es nicht nach links über die Brücke schaffen können. Er zieht den Wagen geradeaus in eine schmale Straße, die am Fluss entlangführt und spürt im selben Moment, wie das Heck ausbricht. Der Wagen beginnt zu schleudern.

„Enola, Kopf runter!" Lisanns Schrei geht unter im Quietschen der Reifen.

Enola krallt die Finger in das Polster des Sitzes vor sich. Gelähmt vor Schreck starrt sie geradeaus. Sie sieht die Brücke, dann ein Haus, dann den Fluss und wieder das Haus. Plötzlich ist genau vor ihnen ein Baum. Sie hört ein entsetzliches Krachen, als der Wagen mit der linken Seite gegen den Baum prallt und herumgewirbelt wird. Schon reißt sie der Aufprall in ihren

Sicherheitsgurt hinein. Ihr Körper wird hin- und hergeworfen. Scheiben bersten und kleine stumpfe Splitter vom Sicherheitsglas fliegen um sie herum. Dann kracht es erneut und der Wagen kommt zum Stillstand. Aber was ist das für ein Rauschen?

Einen Moment lang starrt Hans durch die zersplitterte Frontscheibe. Sein Auto steht bis zur Motorhaube im Fluss. Milchig grünes Gletscherwasser sprudelt auf Lisanns Seite herein. Knirschend rutscht der Wagen tiefer in die Fluten und neigt sich nach rechts.

„Raus hier!" Hans rüttelt an seiner Tür und bekommt sie tatsächlich auf. Mit einem Schritt ist er am Ufer, das aus großen grauen Steinen besteht. Er dreht sich um und streckt seine Hand in den Wagen hinein. „Enola!"

Enola sieht, wie Lisann im Wasser ihren Sicherheitsgurt öffnet. Auch Enola zerrt an ihrer Schnalle herum, aber sie bekommt sie nicht auf. Panisch drückt sie auf den Knopf und zieht am Gurt. Er löst sich nicht. „Papa!"

Plötzlich fällt der Gurt von ihrem Körper ab. Lisann hat ihn mit ihrem Taschenmesser zerschnitten. Sie fasst Enolas Arm und hilft ihr zwischen den Sitzen nach vorn.

Enola ergreift die Hand ihres Vaters. Wieder knirscht es ohrenbetäubend. Als ihr Vater sie zum Ufer zieht, scheint es Enola, als ob das Auto unter ihr wegrutsche. Sie springt an Land, dreht sich um und sieht, wie der Wagen auf die rechte Seite kippt. Seine linken

Räder tauchen aus dem Wasser auf. Die Fahrertür ragt für einen Augenblick in die Höhe und fällt dann mit einem entsetzlichen Knall zu.

„Lisann!" Enola schlägt die Hände vor ihr Gesicht.

Aber Hans kennt sein Auto. Er springt zum Heck und reißt mit einem Ruck die Hecktür auf. Wenn der Wagen steht, öffnet sie nach rechts, so aber klappt sie nach unten und verschwindet im Wasser. „Lisann, hier hinten!" Ihr Gepäck schwimmt Hans vor die Füße. Hastig schleudert er Lisanns Rucksack und einige Taschen ans Ufer.

*

Lisann kracht rücklings gegen das Armaturenbrett. Ein Stechen im Rücken nimmt ihr die Luft. Über ihr klappt die Fahrertür zu – gefangen! Voller Panik irrt ihr Blick umher. Das Wasser steigt. Es ist eiskalt, aber Lisann spürt die Kälte nicht. Sie will nur hier raus. Unter Schmerzen richtet sie sich auf.

In diesem Moment fliegt die Hecktür auf und sie hört Hans' Stimme. Zwischen Dach und Sitzen schiebt sie sich nach hinten. Ihr Blick fällt auf die Kühlbox, die zwischen den Sitzen eingeklemmt ist. Das Buch! Lisann zerrt an der Box, aber sie kommt nicht frei. Von hinten hört sie Hans schreien.

„Lisann, nimm meine Hand!"

Mit fahrigen Bewegungen öffnet sie den Kühlbehälter und greift nach dem Buch. Wieder knirscht es unter dem Wagen. Die Strömung des Flusses hat ihn erfasst und zieht die Motorhaube vollständig unter Wasser.

Lisann wird zur Seite geworfen. Das Buch rutscht ihr aus der Hand. Es ist zu dick und zu schwer, um mit einer Hand aus der Box gezogen zu werden. Erneut hört sie Hans rufen.

„Lisann, komm schon!"

Sie lehnt sich mit der Schulter an den Sitz, greift das Buch mit beiden Händen und zieht es aus dem Kühlbehälter. Rasch presst sie es mit dem rechten Arm an ihren Körper und greift mit links nach Hans' ausgestreckter Hand. Dann rutscht der Wagen unter ihren Füßen ins Bodenlose.

*

Bebend steht Enola am Ufer. Sie hört ihren Vater schreien und sieht ihn halb im Auto verschwinden. Sie hört das Tosen des Flusses und spürt die Kraft, mit der er den Wagen umspült. Ein weiteres Stück rutscht das Auto in die Strömung. Wellen branden über die Vorderräder. Blaugrünes Gletscherwasser spritzt über den Wagen.

Endlich taucht ihr Vater aus dem Wrack auf. An seiner Hand hält er Lisann. Und an sich gepresst hält Lisann das Buch. Enola schaut nur auf das Buch. Sie nimmt kaum wahr, wie das Auto hinter Lisann umkippt, wie kurzzeitig alle vier Räder in die Höhe ragen und die Hecktür aus den Fluten auftaucht. Aber sie sieht mit Schrecken, wie die Hecktür schwungvoll zuklappt und dabei Lisann an der rechten Schulter trifft. Lisann wird umgerissen. Das Buch klatscht neben ihr ins Wasser.

„Nein!" Enola stürzt vorwärts. Sie überlegt nicht, was sie tut. Würde sie nur einen Augenblick lang nachdenken, wäre das Buch in den tosenden Wassern der Arve verschwunden. So aber ist sie mit einem Sprung im Wasser – nein, auf dem Wasser – nein, auf dem Eis!

Weder Lisann, noch ihr Vater, noch die Menschen, die herbeieilen, um zu helfen, bemerken im allgemeinen Trubel was wirklich geschieht. Und auch Enola wird das Wunder, das ihr hilft, das Buch zu erwischen, erst im Nachhinein bewusst werden.

Noch bevor sie mit ihrem Sprung auf dem Wasser aufkommt, lässt ihr Schrei es gefrieren. Sie landet auf dem Eis, das zwischen Ufer und Buch entsteht, und beugt sich blitzschnell nach unten. Mit beiden Händen reißt sie das gefrorene Buch aus der Eisdecke und ist mit zwei weiteren Sprüngen zurück an Land. Hinter ihr zerbricht das Eis und wird vom Fluss stromabwärts gespült.

Zitternd hält Enola das Buch an sich gepresst und starrt den Eistrümmern hinterher. Plötzlich vernimmt sie ein leises Summen. Vor ihren Augen schwirrt die Wespe. Sie starrt die Wespe an. Es ist die Wespe aus ihrem Traum. Enola blickt auf das Buch in ihren Armen. Es bleibt vereist. Sie hat es vereist, sie selbst! Kann sie tatsächlich Wasser und Eis beherrschen, in ihren Träumen wie auch in der Wirklichkeit? Rasch schiebt sie das Buch unter ihre Jacke. Nachdenklich blickt sie nach oben zu den Schneebergen.

Dann nimmt sie ihren Vater wahr, der auf sie zukommt. Mit seinem Fuß kann er kaum noch

auftreten. Lisann hält die Arme um ihren schmerzenden Leib geschlungen. Enola bemerkt auch die vielen
Menschen, die zusammengelaufen sind. Einige telefo-
nieren, andere zeigen auf ihr Auto im Fluss und reden
miteinander.

Ihr gutes, altes Auto! Verkehrtherum liegt es auf
dem Grund des Flusses. Einzig die Räder ragen aus
dem Wasser und werden von der Strömung umspült.
Was muss noch alles passieren, des Buches wegen?

„Enola, alles in Ordnung? Wie geht es dir?"

Enola schaut ihren Vater an und blickt dann hinauf
zu den Bergen. „Ich bringe das Buch jetzt da hoch."

„Was?!" Ihr Vater starrt sie entgeistert an. „Vergiss es!
Nach allem, was passiert ist, soll ich dich da hinauf-
lassen? Merkst du überhaupt noch irgendetwas? Du
bleibst hier unten!"

Enola schaut ihn verzweifelt an. „Papa, ich kann
das schaffen." Sie zieht das Buch ein wenig unter ihrer
Jacke hervor. Ihre Stimme ist nur ein Flüstern. „Sieh
nur. Ich habe es vereist." Dann schweift ihr Blick von
ihrem Vater zu der Wespe, die seit geraumer Zeit auf
ihrer Schulter sitzt.

Aber ihr Vater nimmt nichts davon wahr. Er redet
sich in Fahrt. „Diese verdammte Schwarte! Wir hätten sie an der Zugspitze lassen sollen! Das war so eine
bescheuerte Idee, das Buch hierher zu bringen! Die
Eisbrüche da oben sind unberechenbar, und jetzt mit
der Klimaerwärmung erst recht. Da gibt es Spalten, in
die passen Häuser hinein, und Hohlräume unter der

Eisdecke, von denen noch keiner was ahnt. Die Gletscher sehen aus wie Schweizer Käse."

Hans fasst seine Tochter an der Schulter und dreht sie zur Arve. „Dieser Fluss wird von Gletschern gespeist. Alles, was da fließt, war Eis und was noch oben ist, sind Spalten und Eishöhlen. Du kannst da nicht hoch!"

Hans' Fuß schmerzt, er kann kaum noch laufen. Sein Auto liegt im Fluss. Die Polizei ist auch schon angekommen. Sie werden ihn hier nicht so schnell fortlassen. Hans hat Angst um seine Tochter. Es ist ihm unerträglich, dass er nicht bei ihr sein soll, dort oben, in dieser Gefahr auf den Gletschern. „Dieser Quatsch mit der Zauberei, das gibt es doch alles gar nicht! Es muss ein Zufall sein. Es … es kann nicht wahr sein, es kann nicht an dem Buch liegen!" Hans wird immer lauter.

„Psst, Papa! Die Leute dürfen doch nichts wissen!"

„Das sind Franzosen, die können uns nicht verstehen, die …" Aber Hans hält schlagartig inne. Zwischen den Menschen entdeckt er den Reporter. Naubert! Er hatte ihn ganz vergessen.

„Hans." Das ist Lisanns Stimme. Hans bemerkt sie neben sich. Sie flüstert ihm zu.

„Das sind keine Zufälle! Wir haben keine Wahl! Was mit uns passiert, bestimmen nicht mehr wir selbst. Es tut mir leid, dass ich euch da hineingezogen habe. Aber erst, wenn wir dieses Buch im Eis versenkt haben, können wir in unser Leben zurückkehren. Das gilt auch für Enola." Lisann ergreift seine Hand und drückt sie ganz fest. „Du und ich, wir sind beide verletzt, wir schaffen das nicht. Aber Enola kann es schaffen. Sie ist stärker als du denkst, viel stärker."

Hans schaut zu Boden. Sein Atem geht schwer. Er sagt eine lange Zeit nichts. Er denkt nicht darüber nach, ob Lisann recht hat oder nicht, oder Enola. Er weiß, dass es so ist, aber er braucht Zeit, um Enola freizugeben, um sie auf einen gefahrvollen Weg zu schicken, dessen Ende im Dunkeln liegt. Seine Stimme zittert, als er sich seinem Schicksal fügt. „Bring sie mit der Seilbahn hinauf. Und …" Hans sieht Lisann traurig in die Augen. „… bring sie mir zurück."

„Ja." Mehr kann Lisann nicht sagen.

Hans umarmt sie kurz. Dann drückt er Enola an sich. Er bemerkt eine Wespe, die über ihnen herumschwirrt. Ohne sie weiter zu beachten, flüstert er seiner Tochter etwas zu. „Vertraue auf dein Gefühl. Und bring uns Lisann zurück, einverstanden?" Er blinzelt zu Lisann hinüber, die einen Eispickel und Steigeisen aus ihrem völlig durchweichten Rucksack in Enolas nicht weniger nassen Rucksack packt.

Enola strahlt ihn an. „Ist gut, also bis nachher!"

Hans nickt. Wenn es nur so schnell ginge! Zumindest wird sich Enola von der Wirklichkeit keinen Strich durch die Rechnung machen lassen. Dafür ist sie noch zu sehr Kind. Das kann ihr Vorteil sein. Er legt ihr kurz die Hand auf die Schulter. „Ich halte euch den Naubert vom Hals."

Hans beobachtet, wie der Reporter Lisann und Enola nachschaut. Auch manche der Franzosen blicken ihnen verständnislos hinterher. Ein Polizist kommt auf Hans zu. Hans versteht nicht, was der Gendarm zu ihm sagt, stattdessen versucht er in schrecklichem Französisch zu erklären, dass Naubert Schuld an dem Unfall sei. Er wäre zu dicht hinter Hans hergefahren. Hans will seine Beschuldigung nicht lange aufrecht erhalten, aber er muss Zeit gewinnen für Enola und Lisann. Naubert würde ihnen bis auf den Gletscher folgen.

Der Polizist geht zu dem Reporter hinüber. Zu Hans' Erstaunen antwortet Naubert in gutem Französisch. Hans beobachtet, wie sie diskutieren. Dann kommen beide zu ihm herüber.

Naubert ist sauer. „Sie haben ihm erzählt, ich wäre was? – Zu dicht aufgefahren? Was soll das? Sie wissen, dass das Blödsinn ist. Was ist hier wirklich passiert? Wieso fahren Sie mitten in der Nacht hierher? Und wo gehen die Frau und das Kind jetzt hin?"

Hans grinst ihn an. „Es gibt Dinge auf dieser Welt, die Sie nicht wissen müssen. Das hier gehört dazu. Ich habe nichts gegen Sie persönlich, aber Sie bleiben hier unten." Dann wendet sich Hans wieder an den Polizisten.

Nauberts Blick schweift irritiert über das Bergpanorama. Hier unten bleiben? Was wollen die Frau und das Kind da oben? Er muss hinterher. Auch Naubert redet nun auf den Polizisten ein.

Als der Gendarm Hans' fürchterliches Französisch nicht mehr hören kann, bietet er an, das Gespräch in Englisch fortzusetzen. Während sie diskutieren, schaut

Hans immer wieder zur Seilbahnstation. Endlich ist die Gondel gestartet. Langsam bewegt sie sich an dicken Stahlseilen nach oben. Sofort gibt Hans nach, und der Polizist lässt Naubert gehen. Der Reporter geht schnellen Schrittes zu seinem Auto. Mittlerweile ist ein Abschleppwagen angekommen, und drei Männer versuchen Hans' Auto aus dem Fluss zu bergen.

Seilbahnfahrt

Die Wespe krabbelt am vorderen Fenster der Gondel auf und ab. Enola schaut an ihr vorbei. Die Morgensonne klettert links über eine schroffe Bergkette und beleuchtet ein atemberaubendes Panorama. Viertausend Meter hohe Gipfel überragen das Plateau von Lognan. Fasziniert folgt Enola mit wachen Augen den schroffen Graten und steilen, vergletscherten Flanken bis zu den einsamen, windumtosten Gipfeln. Mit einem Mal taucht ein Gebäude zwischen den Felsen auf. Die Mittelstation der Seilbahn wird schnell größer und verdeckt das überwältigende Bild der Grands Montets.

„Lognan. Hier müssen wir umsteigen." Lisann hustet und lehnt erschöpft den Kopf gegen das Fenster. Sie friert in ihren feuchten Sachen. Im Tal wird es langsam wärmer. Aber oben, auf dreitausend Metern, wird noch Frost sein. Sie wird es nicht bis auf den Gletscher schaffen. Aber zumindest wird sie Enola hinaufbegleiten. Noch darf sie sich nichts anmerken lassen. Müde lächelt sie den drei Franzosen zu, zwei Männern und einer Frau, die mit ihnen in der Gondel stehen.

Als die Frau Lisann etwas fragt, antwortet sie in fließendem Französisch. Interessiert betrachtet Enola die lustige Gruppe. Alle haben bunte Mützen auf und warme abgetragene Sachen an. Nicht die übliche Funktionskleidung, die Enola sonst immer an Bergsteigern bewundert hat. An ihren Rucksäcken sind Eispickel und Steigeisen befestigt. Aus dem der Frau schaut außerdem das Ende eines langen Baguettes heraus.

Die Frau nickt Enola zu und fragt etwas, von dem Enola kein Wort versteht.

Lisann antwortet an ihrer Stelle. Die Franzosen lachen.

Dann stellt Lisann eine Frage. Enola hört aus der Antwort der Französin nur „Argentière" heraus. Einer der Männer erzählt noch etwas mehr. Aber das Rumpeln der Gondel lässt ihn verstummen. Langsam schwebt die Kabine zwischen gigantischen Gummipuffern in die Station ein. Die Franzosen nicken Enola zu und verabschieden sich. „Salut! Et bonne chance!"

Diesmal hat Enola verstanden und kann ihr Schulfranzösisch zum Besten geben. „Merci. Au revoir! Et bon journèe."

Enola verlässt als letzte die Gondel. „Was haben sie vorher gesagt?"

Lisann winkt ab und hustet erneut. Ihr Husten wird schlimmer. Sie bleibt stehen und atmet schwer.

„Lisann, soll ich nicht den Rucksack nehmen?"

„Ist schon okay. Du trägst ihn nachher über den Gletscher." Traurig schaut Lisann den Franzosen nach. Sie hatte überlegt, ob sie um Hilfe bitten solle. Aber was wollte sie erzählen? Dass sie und Enola Hilfe brauchen, um ein Buch in einer Gletscherspalte zu versenken?

Lächerlich! Auch wenn die Franzosen, sobald man ihre Sprache spricht, vielleicht das freundlichste Volk Europas sind, würde es Stunden dauern, die Geschichte des Buches zu erklären und vor allem, dass niemand je davon erfahren darf.

Lisann deutet zum Ausgang. „Sie gehen hinüber zum Gletscher von Argentière. Für uns ist der nicht kalt genug und er fließt zu schnell ins Tal. Wir müssen weiter hinauf." Sie geht auf die Gondel zu, die von hier nach oben fährt, direkt auf die Grands Montets, auf 3295 Meter.

Enola folgt ihr. „Wie kann der Gletscher fließen?"

„Ist ein Gletscher mehr als dreißig Meter dick, dann wird das Eis ganz unten so sehr zusammengedrückt, dass es zähflüssig wird. So wie …" Lisann sucht nach einem Beispiel.

„… so wie Sirup?"

„Nicht ganz so flüssig, eher wie ein dicker Brei. Die Gletscher bewegen sich einhundert bis zweihundert Meter pro Jahr Richtung Tal." Erneut wird Lisann von einem Hustenanfall geschüttelt.

Sie steigen in die Kabine ein. Lisann lehnt sich an die Wand. Sie lächelt gequält. Die Wespe ist auch wieder da. Außer ihr sind Lisann und Enola die Einzigen, die weiter hinauffahren. Die meisten Touristen kommen erst später.

„Enola, mir ist eiskalt und ich habe mir wahrscheinlich eine Rippe gebrochen. Ich kann mit dir hinauffahren, aber ich werde es nicht weiter schaffen." Lisann nimmt den Rucksack ab und holt ihre Steigeisen heraus. Sie spürt ein sanftes Schaukeln. Die Kabine fährt los. „Welche Schuhgröße hast du?"

Aber Enola hört nicht zu. Ängstlich schaut sie den Berg hinauf. Die Sonne ist verschwunden. Dunkle Wolken stehen zwischen den Gipfeln.

Auch Lisann starrt aus dem Fenster. Dann zieht sie das Buch aus dem Rucksack. Es ist noch immer vereist, bis auf eine Ecke. Und von dieser Ecke aus schmilzt das Eis, als wenn die Sonne darauf schiene. Sie schiebt das Buch in den Rucksack zurück. „Enola, wir sind gleich oben. Du brauchst nicht viel Zeit. Also, welche Schuhgröße?"

„Sechsunddreißig."

„Die Steigeisen passen nur an spezielle Schuhe. Wir müssen die Schuhe tauschen, dann kannst du auf dem Gletscher die Eisen verwenden. Damit bist du bedeutend schneller und sicherer." Lisann beginnt, ihre Bergschuhe auszuziehen. „Ich habe zwar siebenunddreißig, aber deine werden mir schon passen, und du schnürst die hier etwas enger. Schnell, zieh sie an." Sie tauschen die Schuhe und Lisann zeigt Enola die wenigen Handgriffe, um die Eisen anzulegen.

Draußen schwebt die Kabine vorüber, die nach unten fährt. Sie ist leer. Niemand war heute schon da oben. Lisann schaut ihr nach. „Halbe Strecke."

Enola steht auf und geht zum Fenster. Die oberste Seilbahnstation ist hinter Wolken verschwunden. Bald wird ihre Gondel in diesen Nebel eintauchen. Plötzlich hat Enola Angst. Unten im Tal war schönes Wetter. Sie hatte ihr Wunder mit dem Eis vollbracht und eine Wespe begleitete sie. Sie fühlte sich stark. Aber jetzt überträgt sich die düstere Stimmung vom Himmel auf Enola. Einsamkeit lastet auf ihr. Lisann ist zwar dabei, aber hinaus auf den Gletscher muss sie allein gehen. Und im Nebel wird sie nach wenigen Metern ganz auf sich selbst gestellt sein.

Lisann reißt sie aus ihren Gedanken. „Enola, wenn die Seilbahn ankommt, läufst du gleich los. Ich werde versuchen dir nachzukommen. Du gehst zum Ausgang, dann eine Eisentreppe hinunter. Sie endet auf dem Gletscher. Dort legst du die Eisen an. Vor dir wird ein Felsgrat sein. Links davon geht es bergab auf den Glet-scher von Argentière. Du gehst nach rechts. Das ist der Weg auf die Petite Aiguille Verte. Der Nebel wird dicht sein. Du wirst nicht viel erkennen. Wichtig ist, dass du bergauf gehst. Es ist nicht steil." Erneut nimmt der Husten Lisann den Atem. Mit Mühe spricht sie wei-ter. „Die ersten Spalten kommen weiter oben. Hast du erst das Buch in eine hineingeworfen, bleibst du dort und wartest auf besseres Wetter. Es muss kommen. Im Abstieg bei Nebel kannst du die Seilbahnstation ver-fehlen und den Lognangletscher hinunterstürzen. Und nimm den Eispickel zur Hand, sobald du draußen bist. Schau, die Schlaufe kommt ums Handgelenk." Dann übergibt sie Enola den Eispickel und schaut ihr in die Augen. „Noch etwas, Enola. Im Rucksack, im unteren Fach, ist ein zweites Buch."

Enola sieht Lisann verwirrt an.

„Es sieht fast so aus wie das Zauberbuch aus der anderen Welt. Ich habe es selbst gebunden. Falls jemand kommt, falls irgendetwas passiert, kannst du mein falsches Buch vorzeigen. Alles klar?"

Enola braucht eine Weile, um zu verstehen. Dann nickt sie. Lisann hat wirklich an alles gedacht. Mit zitternden Händen schließt Enola ihren Rucksack und setzt ihn auf. Den Eispickel trägt sie in der Hand. Verloren steht sie am Fenster. Die Gondel ist in Nebel gehüllt. Dann leuchtet der Nebel schlagartig auf und im selben Moment erzittert die Kabine unter einem Donnerschlag. Die Gondel schaukelt heftig hin und her. Enola schaut hilfesuchend zu Lisann.

„Wir haben angehalten." Lisann starrt aus dem Fenster und denkt an das Buch. Dann läuft sie panisch durch die Kabine. „Verdammt noch mal! Ist es denn niemals vorbei? Du verfluchte Seilbahn, wieso fährst du nicht weiter?" Lisann tritt mit den Füßen gegen die Wand der Kabine. Sie schlägt mit den Händen gegen das Plexiglas der Fenster. Sie tobt und weint. „Na los, fahr weiter! Bring uns da hinauf! Fahr endlich weiter!" Ihre Stimme wird leiser und versagt. Lisann lehnt schluchzend am Fenster und starrt in das Gewitter hinaus.

Enola steht starr vor Schreck. Alles ist aus. Sie sind kurz vor dem Ziel und schaffen es nicht. Und dieses Mal können sie nichts tun. Sie können nicht klettern, rennen, springen, schwimmen. Sie sind gefangen in einer Seilbahn über einem Abgrund, den sie im Nebel nicht einmal sehen können. Enola bringt kein Wort heraus.

In einer plötzlichen Bewegung fährt Lisann herum und stürzt zu dem kleinen Fenster an der Kabinentür. Hastig schiebt sie es auf. „Gib mir das Buch, Enola. Ich werfe es hinunter. Dann hört der Spuk auf. Dann hat das Buch gewonnen, aber dir wird nichts geschehen."

Enola tritt zurück und schüttelt den Kopf.

„Bitte, Enola …"

Ein kräftiger Ruck geht durch die Kabine. Die Fahrt geht weiter. Lisanns Augen leuchten auf. Und im selben Moment verlischt ihr Glanz. „Sie fahren uns wieder nach unten." Erneut blitzt es. Donner rollt den Berg hinab. „Wir haben verloren, Enola. Gib mir das Buch. Ich werfe es hinunter."

Aber Enola hört ihr nicht mehr zu. Ihr Blick ist auf die Decke der Kabine gerichtet. Die Wespe kreist laut summend unter einer Klappe, die auf das Dach der Gondel führt. Und in Enolas Kopf nimmt ein Gedanke Gestalt an, der so einfach und gleichzeitig so ungeheuerlich ist. Ein Gedanke, der augenblicklich von ihr Besitz ergreift und ihr Schicksal besiegeln soll. „Es sind zwei Gondeln. Sie sind miteinander verbunden. Während unsere hinunterfährt, fährt die andere nach oben. Richtig?"

Lisann erstarrt, als sie ahnt, was Enola vor hat. Will sie von ihrer Kabine auf die andere springen, die nach oben fährt? Lisann öffnet den Mund. Schnell atmend schüttelt sie den Kopf. „Nein, Enola, nein! Dein Vater bringt mich um. Niemals! Das mache ich nicht mit!"

„Mein Vater bringt dich nicht um. Er hat dich gern. Das Buch bringt dich um, uns alle, die ganze Welt! Lisann, hilf mir!" Enola legt den Eispickel ab und klettert zwischen Wand und Haltestange nach oben. Sie steht mit einem Fuß im offenen Fenster und bewegt die beiden Riegel der Dachklappe. Mit einem Aufschrei schlägt sie die Klappe nach oben. Die Wespe schwirrt hinaus. Regen fällt herein. Wieder zerreißt ein Donnerschlag die Luft. Enola versucht sich hinauszuziehen. Sie schafft es nicht. „Hilf mir, Lisann!"

Unter Tränen schüttelt Lisann den Kopf. „Ich kann das nicht." Dann schreit sie ihre Verzweiflung hinaus. „Ich kann das nicht, Enola! Das musst du doch verstehen!"

Enola baumelt in der offenen Dachluke. „Ich verstehe gar nichts! Soll alles umsonst gewesen sein, was wir durchgemacht haben? Wir haben es dir versprochen! Du hast es deinem Großvater versprochen …" Dann schreit auch Enola. „Die Seilbahn, Lisann! Da kommt die Seilbahn! Hilf mir hinaus! – Lisann!"

Mit einem Satz steht Lisann unter Enola und schiebt sie durch die Dachluke. Dann stürzt sie zum Eispickel und hält ihn in die Öffnung der Luke. „Der Eispickel, Enola!" Sie spürt, wie Enola ihn ihr aus der Hand zieht. Dann ist die andere Gondel neben ihrer Kabine. Entsetzt bemerkt Lisann den großen Abstand zwischen den beiden Kabinen.

Enola ergreift den Eispickel. Noch während sie sich aufrichtet, schiebt sie ihre rechte Hand durch die Schlaufe. Sie hält den Pickel am Griff. Die Haue zeigt wie bei einem Beil nach unten. Nebel verhüllt den Abgrund, über dem die Seilbahn schwebt. Regen peitscht Enola ins Gesicht. Wind zerrt an ihrer Kleidung. Aber sie nimmt nichts davon wahr. Sie starrt der Wespe hinterher, die in diesem Augenblick zur anderen Kabine hinüberschwirrt. Enola denkt nicht nach. Alles geht viel zu schnell. Schon ist die Kabine auf gleicher Höhe. In drei Sekunden wird sie vorbeigefahren sein. In drei schnellen Schritten ist Enola am Rand des Daches und springt.

Sie stößt sich so heftig ab, dass Lisann das Schaukeln der Kabine bemerkt. Beim Absprung reißt sie die Arme nach oben und unwillkürlich entfährt ihr ein Schrei. Der Eispickel ragt über ihren Kopf.

Wer weit springen will, der muss hoch springen, hat ihr Vater immer gesagt, wenn sie beim Wandern Felsspalten oder Bäche zu überwinden hatten.

Enola fliegt der anderen Gondel entgegen. Ihr linker Fuß trifft auf die abgerundete Kante des Daches und rutscht ab. Auch ihr rechter Fuß findet keinen Halt und schlägt gegen das Seitenfenster. Enola fällt mit dem Oberkörper auf den Rand des Daches. Der Aufprall nimmt ihr den Atem. Ihre linke Hand sucht auf dem glatten Blechdach der Kabine Halt. Sie findet keinen. Aber im selben Moment hört sie ein metallisches Krachen. Wuchtig schlägt ihr Eispickel mit der scharfen, spitzen Haue in das Blech des Daches ein. Ihre Beine baumeln an der Seite der Seilbahnkabine dutzende Meter über dem Abgrund.

Lisann steht mit weit aufgerissenen Augen am Fenster ihrer Kabine. Sie hat die Handflächen in Kopfhöhe ans Glas gepresst. Sie sieht, dass Enola an der hinauffahrenden Seilbahn hängt. Sie ist nicht gefallen. Aber sie ist auch noch nicht auf dem Dach. Schnell verschwindet die Gondel mit Enola im Nebel.

Am ganzen Leib zitternd rutscht Lisann an der Wand herab und kauert auf dem Kabinenboden. Tränen fließen ungehindert über ihre Wangen. Ab und zu wird ihr Schluchzen von heftigem Husten unterbrochen.

*

Endlich bekommt Enola den Eispickel auch mit ihrer linken Hand zu fassen. Ihre Beine finden ein wenig Halt an den Falzen und Schrauben der Außenwand der Kabine. Enola zieht und drückt sich nach oben. Schließlich gelingt es ihr, den linken Fuß auf das Dach zu schwingen. Dann liegt sie flach auf der Gondel. Schwer atmend dreht sie sich auf den Rücken, soweit es ihr Rucksack erlaubt. Sie spürt den Regen auf ihrem Gesicht. Er ist warm. Wie der Wind, der an ihrer Kleidung zerrt. Enola beobachtet die Wolken und entdeckt auf einmal die Wespe. Sie schwirrt heran und landet auf ihrem Arm. Ein Lächeln erscheint auf Enolas Gesicht. Sie weiß nicht, wieso sie auf einmal lachen muss, aber eine Woge voller Glück brandet heran und strömt durch ihren Körper.

Polternd kommt die Kabine in der Seilbahnstation zum Halten. Enola gleitet leise vom Dach herunter und schleicht mit schnellen Schritten zum Ausgang. Die Wespe verkriecht sich unter ihrem Kragen. Mit Mühe reißt Enola die Tür auf und wird vom Sturm empfangen. Der Wind wirft sie beinahe um, als sie die Eisentreppe hinunterrennt, die auf den Gletscher führt. In Windeseile legt sie die Steigeisen an, kratzt Schnee zusammen und stopft ihn in den Rucksack, um das Buch zu kühlen. Sie wirft sich den Rucksack auf den Rücken und ergreift durch die Schlaufe Lisanns Eispickel. Dann steigt sie den Gletscher hinauf.

*

Die beiden Gendarmen setzen Hans an der Seilbahnstation ab. Es hat angefangen zu regnen. Sie helfen ihm das Gepäck unter das Vordach der Station zu bringen und verabschieden sich. Insgeheim sind sie froh, dass alles so schnell erledigt werden konnte. Der Deutsche hat sich überraschend unbürokratisch verhalten. Er hat im Nachhinein zugegeben, dass der Unfall allein seine Schuld war. Schaden an öffentlichem Eigentum ist nicht entstanden. Sein Auto konnte komplett aus dem Fluss geborgen werden und wird von der Abschleppfirma entsorgt. Alle Unterschriften hat er bereitwillig geleistet. Der Fall scheint abgeschlossen. Zufrieden fahren die Gendarmen los. Frühstückskaffee und leckere Croissants warten in der Boulangerie oben im Ort.

Hans beobachtet misstrauisch das Wetter. Er hat ein ganz eigenartiges Gefühl. Dann bemerkt er den

Tumult in der Seilbahnstation. Er stürzt hinein. Urlauber und Bergsteiger reden durcheinander. Der Aufgang zur Seilbahnkabine ist gesperrt. Ein Mann und eine Frau in Uniformen sind umringt von Menschen. Hans versteht kein Wort. Aufgeregt sieht er sich um und erblickt Naubert.

Hans berührt ihn an der Schulter. „Was ist hier los?"

Naubert schaut Hans mürrisch an. „Das müsste ich eigentlich Sie fragen. Die obere Seilbahn ist stehengeblieben, vermutlich wegen Blitzschlag. Sie haben sie zurück zur Mittelstation geholt. Die Frau war in der Kabine. Aber das Kind ist verschwunden. Wollen Sie mir endlich erzählen, was hier los ist?"

Die Nachricht trifft Hans mitten ins Herz. „Enola! Oh nein! Ich muss dort hinauf!" Hans versucht sich durch die Menschen zu drängen.

Naubert hält ihn zurück. „Es ist aussichtslos. Sie haben den Betrieb vorläufig eingestellt. Was ist eigentlich los? Reden Sie schon, Mann, sie wissen doch was!"

Verstört sieht Hans sich um. Nervös beginnt er hin- und herzulaufen. Nachdenken, verdammt nochmal! Er muss nachdenken. Er muss dort hinauf. Ihm muss etwas einfallen.

Dann schaut er Naubert an. „Sie wollen eine Story, eine wirklich fantastische, absolut unglaubliche Geschichte?"

Naubert nickt geduldig. Er sieht die Verzweiflung in Hans' Augen und weiß, dass dieser Mann ihm alles erzählen wird.

„Sie werden nicht glauben, was ich Ihnen erzähle und Ihre Leser werden Sie für einen Spinner halten. Ist das für Sie in Ordnung?"

„Das bin ich gewohnt." Naubert grinst.

„Dann fahren wir jetzt zur Hubschrauberstation." Hans schiebt Naubert nach draußen. Bevor der etwas sagen kann, zeigt Hans nach rechts. „Sehen Sie das Schild? – ‚Hélisurface' – Sie können doch Französisch. Und Geld haben sie auch. Also los, Mann!"

Der Reporter starrt Hans entgeistert an. Aber der hat Nauberts Auto schon entdeckt und humpelt darauf zu. Naubert zieht seinen Autoschlüssel aus der Hosentasche und läuft ihm nach. „Also, was geht hier vor sich?"

Hans steht ungeduldig an der Beifahrertür. „Das erzähle ich Ihnen unterwegs. Fahren Sie schon los!"

Ewiges Eis

Enola kann kaum etwas sehen. Sie orientiert sich an dem, was Lisann gesagt hat. Etwas rechts halten und immer bergauf. Der Sturm bläst ihr den Regen ins Gesicht. Der Schnee auf dem Gletscher schmilzt. Enola sinkt bis zu den Knöcheln ein. Schritt für Schritt steigt sie in den Nebel hinauf. Noch einmal dreht sie sich um und blickt prüfend zur Station zurück. Alles sieht so aus, wie Lisann es ihr beschrieben hat. Ihr Weg ist richtig.

Hastig steigt Enola weiter. Bald ist sie nur noch von Nebel und waagerecht fliegenden Regentropfen umgeben. Sie lehnt sich gegen den Wind und kämpft sich Meter für Meter den Gletscher hinauf. Entschlossen trotzt sie dem Sturm. Regen läuft ihr über das Gesicht. Ihre Kleidung ist klitschnass und hängt schwer am Körper.

Zu Beginn war es steil. Nun wird es flacher. Der Gletscher hat einen Buckel. Hier müssen Gletscherspalten sein. Enola fiebert ihrem Ziel entgegen. Immer wieder blickt sie nach links und rechts, aber im Nebel kann sie nicht weit schauen. Ist sie an den Spalten vorbeigelaufen? Plötzlich vernimmt sie weiter rechts das Summen der Wespe in der stürmischen Luft. Ein dunkles Band taucht aus dem Nebel auf. Sie ist am Ziel! Eine riesige

Spalte „gähnt" einen Steinwurf von ihr entfernt. Enola legt den Eispickel ab, reißt den Rucksack vom Rücken, zieht das Buch heraus und rennt zum Spalt hinüber.

In diesem Moment verwandelt sich der Regen in bunte Sterne, die beginnen um Enola zu kreisen. Der Nebel erstrahlt in Regenbogenfarben. Wie ein Vorhang im Abendwind weht er vor ihr und neben ihr. Selbst der Schnee auf dem Gletscher beginnt zu leuchten. Schneekristalle glitzern wie Diamanten. Bunte warme Farben sind überall. – Wunderschön!

Aber all die Pracht erreicht Enola nicht. Die Verlockungen der Farben und Formen finden keinen Weg in ihr Herz. Zu tief haben die haarsträubenden Erlebnisse ihrer Reise Enola berührt. Unbeeindruckt rennt sie der Wespe hinterher auf die dunkle Gletscherspalte zu. Gleich hat sie den Rand des Abgrunds erreicht. Wieviel Unheil hat dieses Buch in nicht einmal einem einzigen Tag gebracht! Endlich ist sie am Ziel. Endlich wird sie es im ewigen Eis versenken. Enola hebt das Buch mit beiden Armen über ihre Schulter. Kurz vor dem Rand der Spalte prüft sie mit einem Blick, ob sie auch tief genug wäre und erstarrt.

Kraftlos lässt Enola das Buch sinken. Verzweifelt fällt sie auf die Knie und starrt in die Tiefe. Hilflos schüttelt sie den Kopf. „Nein, nein, nein, ..." Tränen mischen sich mit dem Regen auf ihrem Gesicht. Eine halbe Seillänge unter dem Eis schimmert ein riesiger See. Auch wenn es Eiswasser ist, es ist niemals kalt genug, den Zauber des Buches für immer zu brechen.

Sie ist am falschen Ort. Dieser Gletscher ist unter der Oberfläche geschmolzen. Ihr Vater hat recht. Die Gletscher sind wie Schweizer Käse. Sie hatte es für einen Scherz gehalten.

Der gesamte Buckel des Gletschers ist die Decke einer gigantischen Höhle, einer Eishöhle über einem See. Der Gletscherbuckel ist eine riesige Blase aus Eis. Und sie sitzt auf dieser zerbrechlichen Hülle und blickt durch einen Riss ins Innere. Enola beugt sich in den Spalt hinein. Undeutlich kann sie in unterirdischer Ferne den Rand des Sees ausmachen, tiefblaue zerklüftete Wände aus Eis.

Langsam steht Enola auf. Die Wespe sitzt mit hängenden Fühlern neben ihr im nassen Schnee. Enola blickt sich betrübt um. Wohin jetzt mit dem Buch?

*

Hans und Naubert stehen mit einem Piloten im Büro der Hubschrauberstation. Hans hat Mühe ruhig zu bleiben. „Was heißt das, er könne bei dem Wetter nicht fliegen?"

Naubert übersetzt Hans die Antwort des Hubschrauberpiloten. „Er meint, dort oben seien zu viele Wolken, er könne nichts sehen."

Hilfesuchend schaut Hans den Piloten an. Dieser steht neben seinem Schreibtisch am Fenster, zuckt entschuldigend die Schultern und deutet mit dem Kopf nach draußen.

Hans wendet sich wieder an Naubert. „Sagen sie ihm, dass hier unten keine Wolken sind! Er kann starten.

Dann kann er die Seilbahntrasse hinauffliegen. So weit wird er doch gucken können, dass er die Stahlseile und die Masten sieht! Und oben landet er an der Station. Das reicht mir doch schon. Ich will nur da hoch. Meinetwegen kann er dann zurückfliegen. Na los, sagen Sie es ihm!"

*

Enola springt auf. Noch ist es nicht vorbei. Lisann sagte etwas von einem anderen Gletscher links der Felsen. Der Gletscher von Argentière. Sie wird das Buch …

Ein markerschütterndes Krachen reißt Enola aus ihren Gedanken und lässt sie den Gletscher hinaufschauen. Weiteres Krachen ist zu hören und dann ein tiefes Grollen, das schnell näherkommt. Die Wespe jagt wie ein Geschoss in die Höhe. Urplötzlich taucht eine Wand aus Schnee aus dem Nebel auf und rast auf Enola zu. Sie presst das Buch mit beiden Armen an ihren Körper und sprintet den Gletscher hinab.

Dann spürt sie, wie die Lawine sie einholt. Schneestaub nimmt ihr die Sicht. Die ersten Klumpen treffen ihren Körper. Enola verliert das Gleichgewicht und taumelt. Dann schwemmt sie der Schnee wie eine Welle hinweg, wie eine riesige Woge im Meer. Die Lawine wirbelt sie umher wie dürres Laub. Sie spielt mit ihr wie der Wind mit den bunten Blättern im Herbst.

Enola sollte versuchen, oben zu bleiben. Sie sollte mit aller Kraft gegen den Sog des Schnees ankämpfen. Aber dazu müsste sie das Buch loslassen, und das wird sie nicht tun, niemals! Das Buch mag gewonnen haben.

Aber sie gibt es nicht frei. Sie presst es an sich, so fest sie kann. Ihre Gedanken sind nur noch bei dem Buch, bei der bösen Macht, die es in sich trägt, bei all dem Unheil, das es über die Welt bringen könnte. Enola mag hier vielleicht sterben, aber sie würde das Buch in ihr eisiges Grab mitnehmen.

Naterra

Enola stürzt hinab in grenzenlosen Nebel. Überall ist Nebel, neben ihr, über ihr, selbst unter ihr. Er bremst ihren Fall und Enola beginnt zu schweben. Schwerelos dreht sie sich langsam um sich selbst. Dann spürt sie festen Boden unter ihren Füßen. Langsam lichtet sich der Nebel und ist plötzlich verschwunden. Enola trägt grobe, warme Kleidung aus Wolle und einfache Leder-stiefel. Sie sieht sich um.

Die Sonne steht knapp über dem Horizont und taucht alte knorrige Lärchen in warmes Licht. Die raue Borke der Stämme ist von Flechten überwuchert. Flechten hängen auch an Ästen und Zweigen. Ein klei-ner Vogel mit blauschwarzen Flügeln und einem gelb-lichen Bauch sitzt auf einem Ast und blickt neugierig auf Enola hinab. Aber er schaut nicht auf sie, sondern auf das Buch, das sie in den Händen hält.

Enola erschrickt. Was ist das für ein Buch? Und wie kommt sie in diesen Wald? Sie kann sich nicht daran erinnern. Sie erinnert sich an überhaupt nichts!

Plötzlich flattert der Vogel mit aufgeregtem Geschrei zwischen den Bäumen davon. Ein Rabe schießt von den Baumkronen herab, direkt auf Enola zu. Sie stol-pert zurück und das schwere Buch rutscht ihr aus den Händen.

Sofort hat es der Rabe mit seinen Krallen gepackt. Er fliegt knapp über dem Boden dahin. Doch das Buch ist zu schwer und zieht ihn nach unten. Er muss es loslassen und es schrammt über den Waldboden. Schimpfend fliegt der Rabe davon. „Krah, kraah!" Ärgerlich blickt er zurück. Er wird ohne Beute zu seinen Meistern kommen. Aber sie werden seine Neuigkeiten zu schätzen wissen.

Verängstigt schaut Enola dem Raben nach. Sie hebt das Buch auf und geht bis zum Waldrand. Der davonfliegende Rabe verschwindet in der aufgehenden Sonne. Eine bunte Blumenwiese breitet sich vor Enola aus. Sie glitzert im Morgentau. Rechts zieht sich die Wiese einen Hang hinauf und geht in zerklüftetes Gestein über. Felsgrate zieren die Bergflanken. Schneeweiße Gipfel ragen in den blauen Himmel. Die Sonne scheint Enola ins Gesicht und spendet wohlige Wärme. Aber oben auf den weißen Bergen herrscht trotz der Sonne eisige Kälte.

Enola holt das Buch, setzt sich zwischen den Blumen ins feuchte Gras und legt es auf ihre Knie. Den Sturz hat es völlig unbeschadet überstanden. Es ist nicht einmal schmutzig. Was für ein wunderschönes Buch! Vielleicht kann das Buch ihre Fragen beantworten. Neugierig schlägt sie es auf.

Bunte Sterne tanzen aus dem Buch heraus und beginnen um sie herum zu kreisen. Nebel in allen Farben des Regenbogens steigt auf und hüllt sie ein. Enola hebt ihren Blick und verfällt dem Farbenzauber.

Dann meint sie etwas zu hören und plötzlich schlägt der Buchdeckel mit lautem Knallen zu. Die Sterne verschwinden, der bunte Nebel löst sich auf. Der Zauber ist vorbei. Enola starrt ein Murmeltier an, das mit beiden Pfoten das Buch auf ihren Knien geschlossen hält.

„Nicht! Das Buch bringt Unglück, großes Unglück! Bitte, sieh nicht hinein!" Das Murmeltier neigt freundlich den Kopf zur Seite.

„Was?!" Enola ist vollkommen überrascht. Sie braucht einige Augenblicke, um zu erkennen, was hier vor sich geht. Das Buch hatte sie in buntes Licht gehüllt. Dann kam ein Murmeltier, schlug es zu und … redete mit ihr. Enola stutzt. Das Murmeltier hat mit ihr gesprochen. Wo ist sie hier? Was ist das für eine eigenartige Welt? „Du kannst sprechen. Kannst du mir sagen, wer ich bin und woher ich komme?"

„Hier können viele Tiere sprechen. Dein Name ist Enola, aber woher du kommst, das weiß ich nicht. Wenn du es nicht weißt, bist du ein Traumkind, dann bist du in einem Traum. Aber für uns ist es kein Traum. Für uns ist es die Wirklichkeit." Mit einer Pfote zeigt das Murmeltier auf die Wälder und Berge. „Diese Welt heißt Naterra. Sie ist riesengroß und hat zahlreiche Landschaften. Ein kleiner Teil von Naterra ist unsere Heimat. Und wieder ist sie in großer Gefahr. Denn du hast das Zauberbuch zurückgebracht! Wir dachten, wir wären es los, aber jetzt ist es wieder da. Wir müssen es in die Berge bringen. Schnell, Enola!" Das Murmeltier zieht an ihrem Ärmel.

Enola schüttelt sich los. „Moment, wieso müssen wir es in die Berge bringen?"

„Weil sie im Tal danach suchen, an einem Fluss. Dort ist es damals verschwunden. Ich weiß nicht viel darüber, aber ich weiß, dass sie es nicht finden dürfen."

Enola versteht überhaupt nichts. „Wer sind ‚sie'?"

„Die Zauberer. Es ist ihr Buch. Sie haben es geschaffen. Als es verschwand, verloren sie ihre Macht über diese Welt. Aber vor Jahren, als sie das Buch noch hatten … oh, es war schlimm."

Enola sitzt ungläubig da. Sie versucht sich einen Reim darauf zu machen, was das Murmeltier erzählt.

Das Murmeltier bemerkt ihr Zögern. „Wenn du mir nicht glaubst, dann schau ins Buch hinein, aber …"

Augenblicklich will Enola das Buch öffnen, doch das Murmeltier hält geschwind seine Pfoten darauf. „Nein! Nicht einfach so!" Das Tierchen schüttelt seinen pelzigen Kopf. „Es wird dich wieder verzaubern. Du musst an das denken, was du wissen willst, ganz fest!"

„Na gut." Enolas Blick schweift vom Murmeltier zurück zum Buch. „Also, wer hat dieses Buch gemacht, und wozu?" Behutsam schlägt Enola den Einband auf. Die Seiten sind leer. Enola blättert um. Auch die nächsten Seiten sind leer. Ungeduldig will sie weiterblättern, aber das Murmeltier hält eine Pfote auf das Blatt. „Hab Geduld, Enola. Denk an deine Frage und sieh genau hin, ganz genau."

Enola starrt auf die leere Seite und fragt sich, wie das Buch entstanden ist. Sie betrachtet die Struktur des Papiers. *Grobe Körnchen und feine Fasern, die mit einem Mal ihre Farbe ändern, sich bewegen, sich aus dem Blatt erheben und ein Bild entstehen lassen.*

Es scheint Enola, als blicke sie von oben in einen unterirdischen alten Gewölbekeller hinein. Roh behauene Steine bilden unregelmäßige Wände, vor denen Holzregale stehen. Krüge, Flaschen, verzierte Holzschatullen und zusammengerollte, uralte Papiere sind in den Regalen gestapelt. Auf dem Boden stehen Kisten, die mit Steinen, Stöcken und Wurzeln gefüllt sind. Einige Krüge, Töpfe und Käfige stehen um ein aus wilden Steinen gesetztes großes rundes Becken herum. Enola kommt es vor, als ob in dem Becken die Flammen eines Feuers tanzen. Sie zwinkert mit den Augen und schaut genau hin. Auch die kleinen Tiere in den Käfigen bewegen sich.

Enola erschrickt, als ein Mann in einer schwarzen Kutte in das Bild hineinläuft. „Das ist kein Bild, das … das ist …" *Enola verschlägt es die Sprache.*

„… die Entstehung des Buches." *Das Murmeltier lässt seine Pfote von der Seite gleiten.*

Frauen mit tiefroten Umhängen und Männer in geheimnisvollen schwarzen Kutten hängen über dem Feuer einen riesigen Eisenkessel auf. Sie formieren sich im Kreis hinter den Krügen und Töpfen, die auf dem Boden stehen. Eine der Frauen trägt eine goldene Krone auf dem Kopf. Sie hebt beschwörend die Hände. Sie ist die einzige, die spricht und Enola kann ihre Worte vernehmen.

„Aus vier Elementen ist erschaffen die Welt.
Du wirst sie verändern, wie uns es gefällt."

Die Frauen und Männer entleeren nun die Gefäße über dem Feuerkessel. Durch die Magie der Königin schwebt eine Kugel über dem Kessel. In ihr tanzen Erde, Sand und Steine aus Wäldern, Wüsten und Gebirgen. Wirbel von Wind und Sturm, gefangen über hohen Gipfeln und am Meer. Glühende Lavaklumpen und Asche aus Vulkanen und Lagerfeuern. Wasser, kleine Teile von Wolken, Blitze, Nebel und Dampf. Die magische Kugel wächst und ist bald größer als die Königin, die sie mit ausgestreckten Armen zu halten scheint. Nun öffnen die Zauberer die Käfige und werfen Käfer, Spinnen und Schmetterlinge in die Kugel hinein. Dann folgen Mäuse, Eidechsen und ein Hase.

Enola verfolgt diese Zeremonie wie gebannt. Ihre Gedanken sind bei den armen Tieren. Erst eingesperrt in Käfigen und dann schwebend in einer Zauberkugel gefangen. Sie will weiterblättern, aber plötzlich verharrt sie.

Ein Mann in einfacher Kleidung stürzt in das Gewölbe. „Halt! Wie könnt ihr es wagen …?"

Alle Zauberer halten inne. Scheu verneigen sie sich vor ihm. Keiner sagt ein Wort.

„Wir waren zu keiner Einigung gekommen. Wieso beginnt ihr dann schon?" Der Mann tritt in den Kreis der Zauberer ein. Sie weichen zögernd zurück. Mit einem schnellen Blick vergewissert er sich, dass er hinter einem bestimmten Gefäß steht, das unter dickem Stoff verborgen ist.

Dann hört Enola die helle Stimme der Königin. „Wir haben genug geredet. Es ist an der Zeit zu handeln!"

„Was soll das mit den Tieren? Wollt ihr Macht über das Leben, über die Natur selbst? Das ist viel zu viel Macht, die in dieses Buch einfließt. Ihr denkt, wir können es beherrschen, aber wenn etwas geschieht … irgendetwas, ich weiß nicht … wenn wir die Kontrolle über diese Macht verlieren …" Er schaut hilfesuchend im Kreis umher.

Lachend unterbricht ihn die Königin. „Du weißt nicht, wie immer. Du bist König, doch du weißt nicht … Aber ich weiß! Wir wissen! Und wir handeln! Jahrzehntelang wurde dieser Moment vorbereitet. Es begann zu einer Zeit, als wir noch nicht auf der Welt waren. Unsere Eltern fingen an diese Schätze zu sammeln und aufzubewahren." Sie zeigt auf die Gefäße am Boden und dann zur schwebenden Kugel im Raum. „Wir führten ihre Arbeit fort und heute stehen uns alle Elemente der Welt in ihren verschiedenen Formen zur Verfügung und wir können ein Buch erschaffen, mit dessen Hilfe wir das ganze Universum beherrschen!"

Verzweifelt sieht der Mann sich um. „Tut es nicht. Nicht auf diese Weise!" Traurig schweift sein Blick zu den Tieren, die noch in den Käfigen sitzen oder bereits von Zauberern in den Händen gehalten werden.

„Du kannst es nicht mehr aufhalten. Und wir können es nicht hinauszögern, jetzt, wo wir begonnen

haben. Wenn wir jetzt aufhören, war alles umsonst!"
Die Königin schaut herausfordernd in die Runde.
„Dann fangen wir von vorn an! Und das wollen wir
doch nicht, oder?!"

Teilweise verhalten, teilweise deutlich vernimmt der
König die Antworten der Zauberer. Sie wollen nicht
warten. Enttäuscht senkt er den Kopf und schaut auf
das Gefäß vor seinen Füßen.

Unauffällig bückt er sich und entfernt den dicken
Stoff, der seinen Inhalt kühl hielt. Dann holt er vorsichtig einen Eisklumpen heraus. Unter dem Aufschrei
der Königin springt er vor und wirft ihn blitzschnell
ins Feuer.

„Nein!" Der Schrei der Königin hallt von den Mau-
ern wider. Als sie das Eis im Feuer verdampfen sieht,
bewegt sie mit ihrem Zauber die magische Kugel auf
ihren Mann herab. Lautlos verschwindet der König in
der Zauberkugel.

Enola ist wie versteinert. Sie nimmt kaum noch wahr,
wie sich später die Kugel in den Feuerkessel ergießt
und aus dem Brei Papier geschöpft wird. Nachdem es
trocken ist, wird das Papier zurechtgeschnitten und
zu einem dicken, roten Buch gebunden. Ein kleines
Mädchen mit violetten langen Haaren läuft neugierig
zwischen den Zauberern umher. Ab und zu fragt das
Mädchen nach seinem Vater, aber die Zauberer antworten dem Kind nicht.

Gebannt blättert Enola weiter. Sie sieht, wie Menschen und Tiere unter den Zauber des Buches fallen.

Sie sieht, wie riesige Wälder zerstört und ihre Bäume verbrannt werden. Sie sieht, wie eine strahlende Stadt entsteht. Aber ringsumher sieht sie eine sterbende Welt.

Auf einmal fällt ein Schatten auf die Seite. Enola schaut erschrocken auf und schlägt das Buch zu. Eine Gestalt verdeckt die Sonne. Enola schiebt sich sitzend von der Erscheinung weg. Mit einer Hand umklammert sie das Buch. Sie wendet den Kopf auf der Suche nach dem Murmeltier. Es hat sich neben der Gestalt aufgerichtet und sieht zu Enola herüber.

Enola erkennt eine junge Frau. Violettes Haar fällt ihr in die Stirn. Auf ihrer Schulter sitzt ein kleiner Vogel mit einem gelblichen Bauch. Den Vogel hat Enola schon einmal gesehen, vorhin im Wald, als sie ankam. Hat er die Frau zu ihr geführt? Enola springt auf und hält das Buch an sich gepresst. Abwehrend streckt sie der Frau einen Arm entgegen. Gedanken rasen ihr durch den Sinn. Die Frau ist das Kind aus dem Buch. Sie ist eine von ihnen. Sie ist die Tochter der Königin! Aber weiß sie, dass ihre Mutter ihren Vater in das Buch gezaubert hat? Dann bemerkt Enola die Tränen in den Augen der Frau. Langsam lässt sie ihren Arm sinken.

Verzweifelt zeigt die junge Frau auf das Buch. „Ich dachte das Buch wäre ... es wäre weg, für immer. Aber ..." Sie beginnt zu schluchzen. „Wo hast du dieses Buch her? Wieso bringst du es zurück?!" Wütend sieht sie Enola an. Aber Tränen spülen die Wut aus ihrem Herzen. Sie sinkt auf die Knie und streicht dem

Murmeltier unbeholfen übers Fell. Traurig beobachtet sie einen Käfer an einem Grashalm und einen Grashüpfer auf einem Blatt. „Was machen wir jetzt? Was machen wir?"

Enola scheint es, als rede die Frau zu den Tieren. Enola kniet sich zu ihr und lässt einen roten Käfer mit schwarzen Punkten auf ihren Finger krabbeln. „Ich weiß nicht, woher das Buch stammt. Ich war drüben in dem Wald. Und da war dieses Buch. Plötzlich kam ein Rabe und wollte das Buch stehlen. Dann traf ich das Murmeltier."

„Du kannst dich nicht erinnern, was vorher war?"

„Nein."

„Das Buch war ... bei dir?"

„Ja, ich hielt es in den Händen." Enola zuckt hilflos mit den Schultern.

„Dann bist du auch ein Traumkind. Dann ... kommst du aus derselben Welt, aus der der Junge kam, der damals mit dem Buch verschwand."

„Welcher Junge?" Enola versteht gar nichts.

Die Frau wischt ihre Tränen weg. „Vor vier Jahren sprang ein Junge mit diesem Buch in einen Fluss. Dann war er verschwunden, und mit ihm das Buch. Augenblicklich war die Macht der Zauberer gebrochen. Sie hatten eine Aura der Magie geschaffen, die sich um das Buch entfaltete. Aber diese Ausstrahlung musste ständig aufrecht erhalten werden, mit Zauberformeln aus dem Buch. Als es verschwunden war, versiegte ihre Macht und das, was du zuletzt in dem Buch gesehen hast, war vorbei. Die Zerstörung der Wälder, ja, der gesamten Natur, für den Glanz ihrer Städte, für ihre Prunksucht, für ihr verschwenderisches Leben. Aber jetzt bringst du das Buch zurück ..." Niedergeschlagen starrt die junge Frau auf das Buch. Dann betrachtet sie den Käfer auf Enolas Hand und sieht ihr in die Augen. Sie spürt, dass Enola von derselben Liebe zur Natur erfüllt ist, die auch der Junge damals in sich trug. „Hast du einen Namen?"

„Das Murmeltier sagt, mein Name sei Enola."

„Ich bin Ninara." Und sie schaut zu Boden, als schäme sie sich für diesen Namen.

Enola nickt. „... die Tochter der Königin, der Königin, die dieses Buch geschaffen hat. Wieso willst du das Buch nicht benutzen?"

„Ich könnte uns in einem Augenblick hinauf in die Berge schweben lassen, aber die Königin würde die Ausstrahlung der Magie spüren, und sie und ihre Zauberer könnten sie ebenso nutzen wie ich. Wir dürfen das Buch nicht benutzen, niemals wieder!"

„Ich meine etwas anderes. Du kannst das Buch haben. Hier ist es." Enola hält Ninara das Buch hin. „Was wäre, wenn du es nicht versteckst? Was wäre, wenn du die Herrin des Buches wirst? Kannst du die Macht des Buches nicht gegen sie verwenden, ihnen Einhalt gebieten und die Wälder wieder entstehen lassen?"

Ninara stutzt. Noch nie war sie auf diesen Gedanken gekommen. Aber sie verwirft ihn sofort. „Niemand sollte Macht über andere Menschen, über das

Leben oder über die Natur besitzen. Niemand! Wir alle machen Fehler. Sie sind nicht schlimm für die Welt, denn dafür sind wir zu klein. Aber ein Fehler beim Gebrauch dieses Buches kann Folgen haben, die die Natur auch in tausend Jahren nicht wiedergutmachen kann. Ein Fehler kann die Natur selbst zerstören." Sie sieht Enola an, als würde ihr soeben etwas bewusst werden. "Das Buch kam mit dir zu uns zurück. Wer weiß, was es in deiner Welt für Unglück gebracht hat?"

"Dann müssen wir das Buch zerstören!" Enola hebt es hoch und betrachtet es entschlossen von allen Seiten.

Ninara lässt niedergeschlagen den Kopf hängen. "Ich weiß nicht, wie. Selbst Feuer hat ihm nichts ausgemacht."

"Dann schauen wir hinein. Vielleicht steht im Buch …" Enola springt auf und schaut zu den Bergen. Der rote Käfer fliegt erschrocken von ihrer Hand, als sie zu den weißen Kuppen zeigt, die die Berggipfel zieren. Es sind mächtige Gletscher, deren Eispanzer im Winter wächst, im Sommer aber schmilzt. Dann strömen eiskalte Gletscherbäche zu Tale. Enola erinnert sich, dass Ninaras Vater einen Eisklumpen ins Feuer geworfen hat. Sie hat dem keine Bedeutung beigemessen, aber auf ein Mal versteht sie weshalb. Das Eis konnte nicht ersetzt werden, als das Buch geschaffen wurde. Eis fehlt dem Buch! Eis und Kälte!

Enola strahlt Ninara an. "Der Fluss, in den der Junge sprang, war das ein Gletscherfluss?"

"Ja, aber …" Ninara steht langsam auf.

185

„Dann weiß ich, was die Macht des Buches brechen kann. Eis!" Enola überlegt kurz, ob sie ihr alles erzählen soll. „Als sie das Buch geschaffen haben, hat dein Vater, Ninara, den einzigen Eisbrocken ins Feuer geworfen. Das Buch hat keine Macht über das Eis. Wir müssen es hinauf ins ewige Eis bringen!" Enola zeigt wieder auf die Schneeberge in der Ferne.

Erstaunt öffnet Ninara den Mund und atmet hörbar ein. „Du hast meinen Vater gesehen?" Ein kurzes Lächeln huscht über ihr Gesicht.

„Ja. Und ich habe gesehen, wie er verschwunden ist. Er wurde in dieses Buch gezaubert."

Ninara hält den Atem an. Enolas Worte wecken eine längst verlorene Hoffnung in ihr, die Hoffnung ihren Vater zu finden. Sie hatten ihr erzählt, er sei fortgegangen, doch sie glaubte das nie. Sie war zu klein, um ihren Vater genau zu kennen, aber sie spürte, dass er nicht so war. Er wäre nie von ihr fortgegangen. „Er ist in diesem Buch? Wie ... wieso?"

„Er wollte sie aufhalten, das Buch zu vollenden. Sie haben seine Zweifel nicht gehört. Da warf er den Eisklumpen ins Feuer und wurde im selben Moment von der Königin ins Buch gezaubert."

Ninara ist erschüttert. Ihre Mutter hat ihren Vater ... Sie starrt auf das Buch in Enolas Händen. Sie wünscht sich nichts sehnlicher, als ihrer Mutter dieses Buch zu nehmen und es zu zerstören. Aber ihr Vater ist darin gefangen. In Ninaras Kopf überschlagen sich die Gedanken. Wie soll sie ihren Vater befreien und *gleichzeitig das Buch zerstören? Nachdenklich mustert sie das Mädchen. Enola ist noch ein Kind, doch sie steht an der Schwelle zum Erwachsenwerden. In ihr sind kindlicher Wille und jugendliche Kraft vereint. Und sie liebt die Natur. Ninara hat die Freude bemerkt, mit der Enola die Berge bewundert hat. Sie denkt daran, wie sie mit dem gepunkteten Käfer gespielt hat. Und auf einmal verharrt ihr Blick auf Enolas Hosenbeinen. Sie sind ebenso trocken wie die Stiefel. Aber Enola saß doch neben ihr im feuchten Gras. Ninara betrachtet ihre eigenen nassen Knie und ein Anflug von Freude huscht über ihr Gesicht.*

Viele der Traumkinder sind mit einem der vier Elemente verbunden. Sollte Enola mit dem Wasser verbunden sein? – Ja! Ninara ist sich sicher. „Enola, es heißt, dort oben, im Inneren der Schneeberge, liegt eine eigene Welt, eine Welt, die nur aus Eis besteht. Kein Mensch ist jemals dort gewesen, aber du kannst es schaffen. Eis ist gefrorenes Wasser. Du bist mit dem Wasser verbunden. Schau, Enola, der Tau der Wiese benetzt dich nicht. Das Wasser ist dein Freund."

Verwundert sieht Enola an sich herab. Ihre Kleidung ist trocken. Langsam versteht sie, was Ninara meint.

„Enola, willst du versuchen, das Buch hinauf in die Eiswelt zu bringen?"

Nachdenklich beobachtet Enola die kleinen Tierchen im feuchten Wiesengras. Sie schaut zum Murmeltier und zu dem Vogel auf Ninaras Schulter. Enola hat das Buch wieder hierher gebracht. Nun ist es ihre

Pflicht, es im ewigen Eis zu zerstören. Sie blickt Ninara zuversichtlich an. „Ja. Aber … Kommst du nicht mit?"

„Nein." Ninara flüstert dem bunten Vogel auf ihrer Schulter etwas zu. Der Vogel flattert erschrocken auf. Er setzt sich wieder und schüttelt den Kopf. Ninara spricht nochmals auf ihn ein. Langsam beginnt der Vogel zu nicken. Dann fliegt er davon. „Ich schicke nach jemandem, der dir hilft. Du wirst nicht allein sein. Bis dahin begleitet dich mein kleiner Freund hier, einverstanden?" Ninara nickt dem Murmeltier zu, das noch immer neben ihr steht. Bevor es antworten kann, spricht Ninara wieder zu Enola. „Denn ich selbst will versuchen meinen Vater zu finden und zu befreien."

Enola schaut Ninara ungläubig an. „Wie … wie willst du …?" Sie verstummt.

Ninara scheint sie nicht zu hören. Sie sucht zwischen Grashalmen nach einem bestimmten Käfer. Dann hat sie ihn gefunden. Der Käfer bewegt sich nicht, er scheint zu schlafen. Vorsichtig hält sie ihn in ihrer hohlen Hand. „Öffne das Buch, Enola. Ich gehe hinein! Ich weiß nicht, was mich darin erwartet, aber ich muss einfach nach meinem Vater suchen. Wenn ich nicht rechtzeitig mit ihm herauskomme, dann zögere nicht das Buch zu zerstören, falls sich eine Möglichkeit bietet. Leb wohl und hab Dank! Und nun öffne bitte das Buch, Enola."

Enola versteht kaum, was hier vor sich geht. Alles geht so schnell. Sie will etwas sagen, aber Ninara schaut sie so ungeduldig an, dass sie hastig das Buch aufschlägt.

Ein farbiger Wirbelwind strömt aus dem Buch und hüllt Ninara ein. Er hebt sie in die Höhe und ist plötzlich mit ihr zwischen den Seiten verschwunden. Der Buchdeckel klappt zu und verlassen steht Enola mit dem Buch in den Händen auf der bunten Blumenwiese.

Das Murmeltier richtet sich vor ihr auf und schaut an ihr vorbei. Auf einmal stößt es einen grellen Pfiff aus. Enola fährt herum. Ein anderes Murmeltier rennt über die Wiese. Ein Rabe jagt ihm nach. Schon ist er über ihm und streckt seine Krallen aus. Aber im selben Moment ist das Murmeltier in der Erde verschwunden.

Enola kennt den Raben. Sie beobachtet, wie er nach oben fliegt und über ihnen kreist. „Krah, kraah!"

Das Murmeltier taucht aus einem Erdloch in Enolas Nähe wieder auf. „Sie kommen aus dem Tal herauf! Schnell, wir müssen hier weg!"

Enola schaut von dem einen zum anderen Murmeltier. „Kennt ihr den Weg hinauf in die Schneeberge?"

„Klar kennen wir den Weg!" Geschwind rennt das erste Murmeltier los.

Das zweite beeilt sich ihm zu folgen. „Komm mit!"

Mit dem Buch unterm Arm läuft Enola den Murmeltieren nach. Sie ist erstaunt, wie schnell sie trotz ihrer Speckschicht, die sie sich für den Winter angefressen haben, vor ihr herrennen. Es geht auf und ab. Blühende Wiesen wechseln mit lichten Lärchenwäldern. Enola hat die Orientierung verloren. Ab und zu sieht sie in der Ferne einen weißen Gipfel. Aber scheinbar kommen sie ihm nicht näher. Mitunter bleiben die

Murmeltiere stehen und streiten sich. Dabei machen sie Männchen und pressen ihre Vorderpfoten aneinander.

Die Wiese geht bald in Stein und Geröll über. Rechts und links erheben sich Felsen und formen eine schmale Schlucht, die steil nach oben führt. Behände springen die Murmeltiere von einem Stein zum nächsten und von Fels zu Fels. Enola versucht zu folgen, so schnell sie mit dem Buch kann. Ihr Herz rast, ihre Beine schmerzen. Als es steiler wird, behindert sie das große Buch beim Klettern. Ab und zu schaut sie zum Himmel. Der Rabe folgt ihnen schon die ganze Zeit.

Endlich ist der Rand einer Hochebene erreicht. Enola betritt eine riesige Fläche aus Stein und Fels. Gigantische Platten, die so alt sind wie Naterra selbst, liegen nebeneinander. An ihren Kanten fallen sie steil ab. In der Tiefe schimmern Gletscherflüsse. Enola steigt zum höchsten Punkt hinauf und mit einem Mal entfaltet sich das ganze Panorama der Eiswelt vor ihren Augen.

Vor Freude strahlend atmet Enola tief durch. Manche Gipfel verschwinden in den Wolken. Andere berühren sie. An ihren Flanken schieben sich mächtige Eisströme herab. Riesige Gletscherspalten zieren deren weite Flächen. Eistürme neigen sich bedrohlich dem Abgrund entgegen, dem Abgrund, der zwischen Enola und der Eiswelt liegt. Sie rennt zum Rand der Ebene. Ein breiter Gletscherfluss hat sich schwindelerregend tief in den Fels gegraben. Mächtig fließt er dahin. Enola kann große abgerundete Steine ausmachen, die den Flusslauf säumen. Manche liegen in der Strömung und werden mitunter von Wellen überspült. Wie soll sie über diesen Fluss kommen? Die Eiswelt scheint zum Greifen nah, aber sie liegt auf der anderen Seite der Schlucht.

Die beiden Murmeltiere erscheinen an Enolas Seite. Sie streiten sich wieder heftig. Aber diesmal wird ihr Streit von einem schadenfrohen Lachen übertönt.

Enola schnellt herum und es scheint ihr, dass ihr Herzschlag für eine Weile aussetze. In einiger Entfernung stehen Männer in dunklen Kutten und Frauen mit roten Umhängen. Aus verschiedenen Richtungen nähern sich noch mehr von ihnen. Aber nur eine Frau lacht. Es ist die mit der goldenen Krone. Enola erkennt sie sofort. Es ist die Königin!

„Na, wohin nun, kleines Mädchen?"

Enola bringt kein Wort heraus. Sie ist so überrascht, dass sie keinen klaren Gedanken fassen kann.

„Eigentlich sollten wir dir danken, dass du uns dieses Buch zurückgebracht hast. Und das werden wir auch, wenn du es uns übergibst. Aber verrate uns doch vorher, wo meine Tochter ist. Ninara. Sie war gewiss bei dir."

Enola schaut kurz auf das Buch in ihren Armen, dann blickt sie sich um. Sie muss Zeit gewinnen. Ninara wollte ihr Hilfe schicken. Vielleicht kommt die Hilfe noch rechtzeitig.

Die Königin reißt sie aus ihren Gedanken. „Wir haben vier Jahre auf dieses Buch gewartet. Es kommt uns nicht auf ein paar Augenblicke an. Aber viel Geduld haben wir auch nicht. Wo ist Ninara? Antworte!" Die Königin lacht nicht mehr. Jetzt klingt sie bedrohlich.

„Ich ... ich weiß es nicht." Enola ist nicht gut im Lügen.

Und die Königin sieht es ihr an. Ihr ist nicht entgangen, dass Enola kurz auf das Buch blickte, als die Königin nach Ninara fragte. „So, du weißt es nicht? Gib uns das Buch und wir finden es selbst heraus." Die Königin kommt schnellen Schrittes auf sie zu.

Enola tritt rasch an den Abgrund. Kleine Steinchen spritzen über die Kante und fallen lautlos in die Tiefe. „Halt! Oder ich werfe es hinab!" Mit beiden Händen hält Enola das Buch über die Schlucht.

Die Königin bleibt tatsächlich stehen. Aber nur um zu lachen. „Wirf es hinab. Wir werden es finden. Dem Buch kann nichts geschehen, aber vielleicht den beiden, die in dem Buch sind."

Enola erschrickt. Sie presst das Buch an sich.

Die Königin triumphiert. Aber dann erscheint ein Schatten auf ihrem Gesicht, denn ihr kommt derselbe Gedanke, der auch Enola in diesem Moment ereilt.

Was wäre, wenn Enola mit dem Buch in den Fluss spränge und es so fest an sich presste wie der Junge, von dem Ninara erzählt hat. Würde das Buch nicht auch mit ihr von hier verschwinden? Sie kommt nicht dazu, diesen Gedanken zu verfolgen. Blitzschnell stürzt die Königin auf Enola zu.

*

Ninara rennt atemlos durch ein Labyrinth von Gewölbegängen. Der Leuchtkäfer, den sie mitgebracht hat, fliegt neben ihr her. Er spendet genügend Licht,

sodass Ninara ihren Weg erkennt. An den Seiten der
Gänge stehen Regale, die mit schwarzen Büchern
gefüllt sind. Ein Buch gleicht dem anderen. Kein Buch
fehlt. Gelegentlich nimmt Ninara eines der Bücher
heraus und schlägt es auf. Aber so sehr sie sich auch
konzentriert, die Seiten der Bücher bleiben stets leer.

Um sich in dem Labyrinth zurechtzufinden, legt
sie ab und zu Bücher auf den Boden. Aber sie kommt
nie zu einem Buch zurück, das am Boden liegt. Eine
magische Kraft lässt die Bücher wieder in die Regale
schweben.

„Papa, wo bist du? Mein Vater!" Verloren irrt Ninara
durch die Gänge. Ein zweiter Leuchtkäfer gesellt sich
zu ihr. Sie entdeckt auch eine Spinne, die an ihrem
Faden pendelt, eine Ameise und einen Regenwurm
am Boden. Ab und zu meint sie einen schnellen Schatten zu sehen, der über den Weg huscht. Aber wirklich
eigenartig findet Ninara die Erschütterungen, die sie
manchmal spürt, als ob sich das ganze Gewölbe bewegen würde. Plötzlich verliert sie erneut das Gleichgewicht. Sie wird gegen ein Regal geworfen wie auf einem
Schiff bei schwerem Seegang.

Sie weiß nicht, wie lange sie die Gänge auf und ab
gelaufen ist, wie viele Abzweige sie passiert hat, aber
sie spürt, dass sie auf diese Weise ihren Vater nicht finden wird. Erschöpft setzt sie sich auf den Boden und
lehnt sich an ein Bücherregal. Die beiden Leuchtkäfer tanzen unter der Decke. Gedankenverloren blättert
Ninara in einem der leeren Bücher. Müde schließt sie

ihre Augen. Hatte sie nicht dem Jungen vor vier Jahren im Wald gesagt, er müsse nicht nur mit den Augen sehen, sondern auch mit seinem Herzen?

So beginnt sie an ihren Vater zu denken, an die Zeit ohne ihn, die ihr gestohlen wurde, dieselbe Zeit, die auch ihm gestohlen wurde, eingesperrt in ein Zauberbuch. Sie kann sich kaum an ihn erinnern, aber sie weiß, dass er es war, der sie als kleines Mädchen in die Wälder mitnahm. Ihr Vater saß neben ihr an einen Baum gelehnt und machte sie mit Käfern, Schmetterlingen und Grashüpfern bekannt. Dann war er verschwunden und mit ihm die Wiesen und Wälder und die kleinen Tiere, als hätte er sie mitgenommen.

Auf einmal hört sie seine Stimme. „Ninara, bist du das? Ninara!"

Sie schlägt die Augen auf und sieht einen Mann vor sich stehen, der verwundert auf sie herabschaut. „Papa!" Ninara springt auf und fällt ihm um den Hals. „Papa, ich habe dich gefunden! Nein, du hast mich gefunden."

„Ninara, du bist es wirklich!" Tränen schießen ihm in die Augen. „Was machst du hier?"

„Ein Mädchen sagte mir, du wärst in diesem Buch gefangen. Ich muss dich befreien, denn das Mädchen soll das Buch zerstören."

Viele Jahre schon ist Ninaras Vater allein. Aber der Zauber des Buches lässt ihn nicht altern und die Tiere, die mit ihm eingesperrt sind, leisten ihm Gesellschaft. So ist sein Geist noch wach. „Hinauf ins ewige Eis muss sie das Buch bringen, in die Eiswelt! Aber die

Kälte allein genügt nicht es zu zerstören …" *Ninaras Vater verschlägt es die Sprache, als sie von den Beinen gerissen werden und an die Decke schweben.*

Ninara greift panisch nach seinem Arm. „Papa, was ist das?"

„Irgendetwas geschieht mit dem Buch. Ich habe das schon einige Male erlebt." Dann fasst er Ninaras Hände. Über ihnen surren die beiden Leuchtkäfer. Um sie herum bewegen sich Bücher aus den Regalen. Das gesamte Gewölbe füllt sich mit schwebenden Gegenständen. Ninara und ihr Vater treiben schwerelos zwischen Holzregalen und offenen Büchern, deren Seiten vom Zufall umgeblättert werden. „Wir müssen uns festhalten, dieser Zustand bleibt nicht lange so."

Kaum haben sie Halt an einer Säule gefunden, schon stürzen Bücher und Regale zu Boden. Die Schwerkraft hat sie wieder. Sie klettern herab und plötzlich hält Ninaras Vater den Zeigefinger vor die geschlossenen Lippen.

Atemlos lauscht Ninara den Gang hinauf. Dann kann auch sie das Rauschen hören.

*

Das Wasser wäre ihr Freund, hatte Ninara gesagt. Als die Königin auf sie zustürzt, um ihr das Buch zu entreißen, dreht sich Enola um und springt mit dem Buch von der Felskante in die Tiefe.

„Nein!" Der Aufschrei der Königin wird als Echo von den Bergen zurückgeworfen. Ihre Augen sind nur auf das Buch geheftet. Aber ihre Hände greifen ins Leere,

ihre Füße schlittern über die Felskante. Schreiend fällt die Königin in die Tiefe.

Enola hält das Buch mit beiden Armen an sich gepresst. Fallwind zerzaust ihr Haar, verfängt sich in ihrer Kleidung und wirbelt sie umher. Der Himmel dreht sich. Berge tanzen um sie herum. Doch sie hat keine Angst. Sie ist in einem Traum. Jeden Moment wird sie aufwachen.

Aber die Welt hat etwas anderes mit ihr vor. Der Fluss rast auf sie zu. Und ein Schatten, der nach ihr greift. Die Königin packt Enolas Fuß und zieht sie im Fall an sich heran. Sie greift nach dem Buch. Aber Enola lässt das Buch nicht los. Endlich spürt sie, wie das Wasser des Flusses sie umschließt.

*

Die beiden Murmeltiere springen zur Felskante. Sie sehen, wie Enola und die Königin in die Tiefe stürzen und miteinander um das Buch ringen. Doch kurz bevor Enola und die Königin in den Fluss eintauchen, steigt eine Fontäne aus den milchig-grünen Fluten in die Höhe. Sie fängt Enola sanft auf, während die Königin mit einem Aufschrei vom Rand der Wassersäule herabwirbelt. Sie stürzt ins Wasser und wird sofort von der Strömung des Flusses fortgerissen. Die Wassersäule fällt langsam in sich zusammen und auch Enola wird von der Strömung erfasst.

Erschrocken sehen die Murmeltiere zum Himmel, als ein riesiger Schatten über sie hinwegfegt und zum Fluss hinabschießt.

*

„Schnell, Ninara. Das gab es schon einmal. Wir müssen in den großen Saal. Hier entlang, bleib dicht bei mir!"

Über umgestürzte Regale und am Boden liegende Bücher stolpert Ninara ihrem Vater hinterher. Aber das Wasser holt sie ein. Eine Flutwelle wirft sie um und spült sie fort. Ninara kann nur den Kopf ihres Vaters zwischen schwimmenden Büchern in den Fluten erkennen. Über ihr schwirren die Leuchtkäfer dahin. Das Labyrinth ist bereits zur Hälfte mit Wasser gefüllt. Nun werden auch die Regale von der Strömung erfasst. Ninara schwimmt zwischen ihnen hindurch. Weit voraus hört sie ihren Vater rufen.

„Nächste nach links!"

Das Wasser steigt rasend schnell. Vorsichtig greift Ninara die beiden Käfer, umschließt sie mit der Hand und taucht unter. Das Gewölbe steht jetzt vollständig unter Wasser. Ninara wendet sich nach links. Mit Kopf und Schulter stößt sie an ein Regal. Sie hat Mühe es zur Seite zu schieben. Es scheint sich verkeilt zu haben. Ninara zerrt voller Panik an dem Regal herum. Plötzlich bewegt es sich mit einem Ruck. Ihr Vater greift ihre Hand und zieht sie am Regal vorbei zu sich herüber.

Ninaras Lunge schmerzt. Sie muss atmen. Aber jetzt noch nicht! Sie presst die Lippen aufeinander, um dem Drang zu widerstehen, den Mund zu öffnen. Bunte Sterne beginnen vor ihren Augen zu tanzen. Mit letzter

Kraft folgt sie dem Schatten ihres Vaters, der vor ihr nach oben schwimmt. Dann stößt ihr Kopf durch die Wasseroberfläche. Ninara atmet tief ein. Ihr Arm schnellt aus dem Wasser und gibt die beiden Käfer frei, die unbeholfen auf dem Kopf ihres Vaters landen.

„Geschafft." Er strahlt seine Tochter an.

Ninara lacht zurück und legt ihm die Arme um den Hals. Ihr Blick schweift hinauf zur Decke einer riesigen runden Halle. Das gigantische Gewölbe kommt auf sie zu. Dann bewegt es sich wieder von ihr weg und neigt sich hin und her. Ninara glaubt mit dem Wasser zu fallen. Der Wasserspiegel sinkt und das Wasser strömt in die unzähligen Gewölbegänge zurück, die aus allen Richtungen in diese Halle münden.

*

Die Strömung des eiskalten Flusses hat Enola erfasst. Stromabwärts sieht sie den Körper der Königin reglos im Wasser treiben. Panisch versucht sie Richtung Ufer zu schwimmen, ohne dabei das Buch loszulassen, aber sie schafft es nicht.

Mit einem Mal verdunkelt sich die Sonne. Dann kracht etwas sehr großes hinter ihr ins Wasser. Von einer riesigen Welle wird Enola kurzzeitig in die Höhe gehoben. Dann fällt sie herab, aber sie stürzt nicht zurück ins Wasser, sondern landet völlig trocken auf einer schuppigen Fläche. Das Buch mit einer Hand an sich gepresst versucht Enola mit der anderen Halt zu finden. Denn die Fläche bewegt sich rasch wieder nach oben. Enola sitzt zwischen zwei riesigen Flügeln, die rechts und links von ihr auf und ab schlagen. Dann ragt vor ihr der Hals des Ungeheuers auf. Scharfe Zacken bewegen sich zur Seite, als das Untier den mächtigen Kopf dreht. Er ist mit spitzen Schuppen gepanzert. In einem grässlichen Maul blitzen große, furchteinflößende Zähne auf. Enola starrt in die Augen eines Drachen.

Aber schon sieht sie die Güte in seinem Blick. Der Drache hat sie aus dem Fluss gerettet. Der Drache ist der Freund, den Ninara ihr schicken wollte! Enola strahlt ihn an und seine Augen leuchten dunkelgrün zurück. Atemlos sieht Enola zum Fluss hinab, der nur noch ein schmales Band inmitten von blaugrauen Felsen ist. Mit Genugtuung denkt sie an die Königin, die im Fluss treibt. Aber im selben Moment flüstert ihr der Wind etwas zu. Nachdenklich senkt Enola ihren Kopf. Dann bittet sie den Drachen um einen Gefallen.

*

Die Murmeltiere springen begeistert zwischen den Felsen hinundher. Immer wieder klatschen sie die Vorderpfoten aneinander, diesmal als freudige Geste.

Neben ihnen stehen die Zauberer an der Felskante und starren in die Tiefe. Der Drache, der das Mädchen aus den Fluten gerettet hat, fliegt erneut über dem Fluss. Er nähert sich rasend schnell dem leblosen Körper der Königin.

Enola spürt einen sanften Ruck, als der Drache seine Klauen gefühlvoll in die Kleidung der Königin schlägt und sie aus dem eiskalten Wasser in die Höhe reißt.

Mit mächtigen Flügelschlägen schwebt er über dem Ufer und lässt sie sacht zu Boden gleiten. Dann setzt er neben ihr auf dem Kies auf.

Enola lässt das Buch auf dem Rücken des Drachen zurück und rennt hinüber zur Königin. Reglos liegt sie auf der Seite. Enola zögert nicht und bläst ihren Atem in den Rachen der Frau. Ab und an schlägt sie ihr mit der flachen Hand auf die Brust. Wieder und wieder und wieder. Auf einmal ergießt sich ein Schwall Wasser aus dem Mund der Königin und sie beginnt zu husten.

Enola setzt sich erschöpft auf einen der großen Steine und atmet tief durch, bis die Königin das restliche Wasser ausgehustet hat und verwundert herüberblickt. Dann steht Enola auf.

Tief berührt beobachten die Zauberer, wie sich ihre Königin bewegt. Bewundernde Blicke streifen den Drachen und das Mädchen. Aus der Tiefe der Schlucht dringen Enolas Worte zu ihnen herauf.

„Wir sind Menschen. Wir sind Geschöpfe dieser Welt wie die Käfer, die Murmeltiere, die Drachen und unzählige andere Lebewesen. Wir sind willkommen in schattigen Wäldern, auf saftigen Wiesen, an klaren Bächen. Wir sind willkommen in der Geborgenheit der Natur, die uns umgibt, die uns frische Luft und reines Wasser schenkt, die wachsen und gedeihen lässt. Wir können die Natur nutzen, aber wir sollten nie den Respekt vor ihr verlieren. Niemals! Denn wir sind nichts ohne sie. Auch wenn es manchem erst bewusst wird, wenn es zu spät ist." Enola zeigt zum Buch. „Dieses

Buch erhebt uns über die Natur, aber wir sind doch ein Teil von ihr. Das Buch verleiht uns eine Macht, die so alt ist wie die Zeit, aber wir sind doch nur ein Augenblick in ihrer Unendlichkeit. Das Buch ist einfach nur falsch. Und deshalb will ich versuchen es zu zerstören. So ein Buch darf es nicht wieder geben. Niemals wieder." Traurig sieht Enola der Königin in die Augen. „Bitte nicht!"

Zum ersten Mal in ihrem Leben ist die Königin sprachlos. Nachdenklich folgt ihr Blick dem Mädchen, das sie gerettet hat.

Enola geht zum Drachen hinüber. Sie bemerkt die dunklen Wolken, die zwischen den Bergen stehen. Rasch springt sie auf den Rücken des Drachen und schon jagen sie den Schneebergen entgegen – mitten in ein Gewitter hinein. Warmer Regen peitscht Enola ins Gesicht, Sturmböen machen dem Drachen zu schaffen. Enola presst sich fest an seinen Rücken. Das verhängnisvolle Buch liegt zwischen ihnen.

Blitze hellen die Wolken auf. Donner dröhnt in Enolas Ohren. Höher und höher kämpft sich der Drache durch Wolken, Sturm und Regen. Enola blinzelt in der Sintflut nach vorn. Bizarre Eistürme ragen zwischen den Wolken in die Höhe. Mächtige Steilwände sind mitunter zum Greifen nah. Ab und zu kann Enola weite Schneefelder unter sich erkennen. Der Drache steuert einen tiefblauen, senkrechten Riss in einer mächtigen Eiswand an. Blitze zucken in immer knapper werdenden Abständen um sie herum oder jagen an ihnen vorbei auf die Erde. *Gespenstisches Licht erhellt dann für kurze Augenblicke den Eingang zur Eiswelt. Sie sind am Ziel.*

Völlig erschöpft segelt der Drache durch den Orkan nach unten. Mit Schrecken sieht Enola die versengten Löcher in seinen Flügeln. Tränen schießen ihr in die Augen. Krampfhaft hält sie sich fest. Dann kracht der Drache auf den Gletscher und nasser Schnee spritzt nach allen Seiten. Enola rutscht an seinem Hals herab und presst ihr Gesicht zum Abschied an seinen gepanzerten Kopf. „Wenn die Sonne wieder scheint, habe ich es geschafft. Leb wohl, mein Freund!"

Der Drache zwinkert kurz mit seinen grünen Augen, dann fallen sie ihm zu und er sinkt müde in den Schnee.

Rasch läuft Enola mit dem Buch auf den riesigen Riss in der Eiswand zu. Der Regen kann ihr nichts anhaben, aber ein Sturm tobt über dem Gletscher. Sie stemmt sich dagegen, trotzdem wirft der Wind sie beinahe um. Völlig außer Atem kämpft sich Enola bis zum Riss vor. Das Buch versucht mit seiner Macht das Eis zu schmelzen. Warmes Wasser läuft die Gletscherwände herab. Nicht allzuweit bricht ein Eisturm aus der Wand. Der krachende Aufschlag lässt das Eis unter Enolas Füßen erbeben. Noch einmal schaut sie zum Drachen zurück. Sein Atem geht schwer. Langsam hebt und senkt sich sein mächtiger Leib. Regenwasser läuft in kleinen Rinnsalen über seine schuppige Haut.

Unter Tränen betrachtet Enola das Buch. „Ninara, beeil dich!" Hastig betritt sie durch den Riss in der

Eiswand eine riesige Höhle. Kälte empfängt sie. Ihr Atem bildet kleine Nebelwolken, die hinter ihr zurückbleiben. Fröstelnd schlingt sie ihre Arme um das Buch und presst es an ihren Körper. Ihr Blick streift gewaltige Eiszapfen, die von der Höhlendecke herabhängen. Erschrocken fährt Enola herum, als im Eingang ein Eiszapfen von der Decke auf den Boden stürzt. Krachend zersplittert er in tausend Eiskristalle.

Während sie ehrfurchtsvoll tiefer in das Reich der Kälte vordringt, treten die zerklüfteten Eiswände weiter und weiter zurück. Die riesige Halle verwandelt sich in einen gigantischen Eispalast. Mächtige Eistürme stützen hier und da die dunkelblau schillernde Decke. Ängstlich wendet sich Enola um. Ihr Blick folgt den Spuren zurück, die sie im körnigen Schnee auf dem Boden der Halle hinterlassen hat. Sie zeigen ihr den Weg nach draußen. Ohne ihre Spuren wäre sie in der ewigen Kälte verloren.

Zitternd will Enola weitergehen. Erschrocken bleibt sie stehen und versucht die gewaltige Erscheinung des Eisdrachen zu erfassen, der vor ihr die Halle ausfüllt.

Sein eisiger Atem lässt Enola erstarren, während der Eispalast unter seiner donnernden Stimme erzittert. „Du wagst es dieses Buch hierher zu bringen?!" Im selben Moment speit der Drache Eiskristalle.

„Nein!" Enola hält schützend das Buch vor sich, während sie sich seitlich aus dem Eissturm herauswindet. Das Buch gefriert in ihren Händen. „Ninara!" Enola starrt voller Schmerzen auf das Buch. Es ist von einer *dicken glasigen Eisschicht umgeben. Auch ihre Hände sind darin eingefroren. Enola kann sie nicht bewegen.*

*

Klitschnass stehen Ninara und ihr Vater in der großen Halle. Die beiden Leuchtkäfer fliegen in der Höhe hin und her. Das Wasser ist verschwunden. Die Trümmer der Regale und die hereingeschwemmten Bücher schweben, wie von Zauberhand geführt, an ihre Plätze zurück.

„Kennst du den Weg aus diesem Labyrinth heraus?“ Hoffnungsvoll blickt Ninara ihren Vater an.

„Es ist lange her, dass ich es versucht habe. Allein ist es unmöglich.“ Dann erhellt sich sein Blick und er strahlt seine Tochter an. „Aber zu zweit …“ Er wendet sich einer Fliege zu, die vor seinen Augen kreist. Es scheint Ninara, als rede er mit ihr. Dann summt die Fliege davon.

„Wir wollen doch nicht allein von hier verschwinden, oder?“ Ihr Vater nickt zuversichtlich. Dann schreitet er suchend die Gänge ab, die sternförmig von der großen Halle nach außen führen. An einem Gang bleibt er stehen.

Ninara starrt auf das Regal am Anfang des Ganges. Eines der schwarzen Bücher fehlt. „Hast du das Buch herausgenommen?“

„Nein. Die Zauberer haben das Buch geholt, gleich zu Beginn meiner Gefangenschaft. Ich bin ihnen gefolgt, aber sie haben das Portal, durch das sie kamen, vor meiner Nase verschlossen. Ich wartete darauf, dass

sie noch einmal kämen. Aber sie holten nie wieder eines der Bücher. Zumindest kenne ich seitdem den Weg zum Portal. Bleib dicht hinter mir. Ich muss mich konzentrieren."

Ninara kann nicht verstehen, wie ihr Vater sich den Weg merken konnte, dem sie folgen. Mal nach rechts, mal nach links, dann lange geradeaus und erneut abbiegen. Bücherregale über Bücherregale in den ewig gleichen Gewölbegängen bleiben hinter ihnen zurück und tauchen vor ihnen wieder auf. Auf einmal erhellt das Licht der Leuchtkäfer einen langen Gang. Im Gegensatz zu den anderen Gängen stehen in ihm keine Regale. Er führt leicht ansteigend nach oben. Erfreut nimmt Ninara die Tiere wahr, die ihnen gefolgt sind: Eichhörnchen, Mäuse, Hasen und Füchse, Schlangen und Eidechsen, ein ganzes Heer von krabbelnden, summenden und brummenden Tierchen. Ein Ende ist nicht abzusehen.

Eine Erschütterung lässt das Gewölbe schwanken. Ninaras Vater stützt sich an der Wand ab und zeigt den Gang hinauf. „Nicht mehr weit."

Ihr Weg wird von kurzen Lichtschimmern begleitet, die das Gewölbe erhellen. Mitunter kann Ninara dumpfes Grollen vernehmen. Immer wieder schwankt der Gang. Weiter oben wird es kalt, immer kälter. Die Tierchen kommen nur langsam voran. Endlich kann Ninara eine mächtige Pforte erkennen. Zu beiden Seiten sind tiefrot glänzende Platten in das grobe Mauerwerk eingelassen.

Als sie und ihr Vater näherkommen, beginnen die Platten zu leuchten. Ninara lächelt. Sie kennt diese Art von Türen. Ihr Vater nickt ihr zu und geht nach links. Ninara tritt vor das rechte Lichtfeld.

„Auf mein Zeichen." Er strahlt sie an. „Jetzt!"

Ihre Hände verschwinden kurzzeitig in den strahlenden Feldern. In diesem Moment beginnt die gesamte riesige Pforte zu leuchten. Zwei mächtige Torflügel aus Stein schwenken nach innen. Als sie nur einen Spalt weit geöffnet sind, trifft Ninara und ihren Vater ein eisiger Luftzug. Die Bewegung der beiden Torflügel erstirbt in einem Panzer aus glänzendem Eis, der bald die gesamte Pforte überzieht. Das Tor in die Freiheit ist versperrt.

*

Verzweifelt blickt Enola den Drachen an. „Eine Frau ist in diesem Buch gefangen! Sie sucht ihren Vater! Wir müssen ..."

„Was kümmern mich Menschen?!" Die Stimme des Eisdrachen klingt wie ein Donnerschlag, der seinen Palast erzittern lässt. „Ihr habt dieses Buch geschaffen, um die Welt zu beherrschen. Aber die Welt gehört euch nicht! Das Buch muss zerstört werden!" Bedrohlich hebt der Drache seinen Kopf in die Höhe und brüllt einen Eissturm auf Enola hinab.

Enolas Schrei lässt das Eis an ihren Händen splittern. Das Buch fällt zu Boden, während sie ihre Arme dem Sturm des Drachen entgegenhält. Wasser ist ihr Freund. Eis ist Wasser. Und keine spitzen Eiskristalle, sondern unzählige Wassertropfen treffen ihren Körper. Der gesamte Eisstrahl des Drachen ergießt sich als sprudelnder Wasserschwall auf den Boden der Halle.

Erstaunt blickt der Drache Enola an. Ihr flehender Blick gebietet ihm Einhalt. Ihre Worte lassen ihn verharren.

„Wir sind nicht alle so! Nicht alle Menschen sind wie die, die dieses Buch geschaffen haben. Es war ein Mensch, der dem Buch die Macht über das Eis nahm. Seine Tochter lehnte sich gegen das Buch auf und half es zu stehlen. Sie sind beide in ihm gefangen. Bitte! Bitte, gib mir einen Augenblick, um sie zu befreien, nur einen Augenblick, bitte!"

Tief bewegt beobachtet der Drache, wie Enola niederkniet und mit den Händen das Eis schmilzt, das das Buch umschließt. Er zuckt mit dem Kopf zurück und öffnet erschrocken sein Maul, als sie es aufschlägt und regenbogenfarbiger Nebel herauswirbelt. Sterne tanzen in der Luft. Sie leuchten immer heller. Ihre Formen verändern sich. Die strahlenden Umrisse unzähliger Lebewesen nehmen Gestalt an, und bald ist die eisige Halle von Leben erfüllt. Staunend drehen sich Ninara und ihr Vater im Kreis. Voller Freude fallen sie sich in die Arme und betrachten die Tierchen, die verwundert im Schnee sitzen, dann aber schnell aufspringen und fröstelnd umherlaufen. Andere schwirren suchend durch die eisige Luft. Bis sie alle den Eisdrachen erblicken und ehrfurchtsvoll zu ihm und zu dem Mädchen schauen, das vor dem Drachen auf dem Boden kauert.

Der Eisdrache beobachtet gerührt, wie Enola das Buch zuschlägt und schwer atmend aufsteht.

Ihre Hände zittern. Sie kann das Buch kaum halten. Ihre Kraft ist am Ende. Unendlich dankbar sieht Enola dem Drachen in die Augen. Dann verneigt sie sich und dreht sich zu Ninara um. Ein Lächeln huscht über Enolas Gesicht. Ninara schaut freudestrahlend zurück. Dann blickt sie auf das Buch und nickt Enola aufmunternd zu. Und ohne ein Wort zu sagen, wirft Enola in einer letzten Anstrengung das Buch vor dem Eisdrachen in die Höhe. Der Kopf des Drachen fährt nach oben und sein Eisstrahl gefriert das Buch bis in die letzte Faser seiner Seiten. Krachend schlägt es auf den Boden des Palastes und zerstiebt in unendlich viele schimmernde Eiskristalle.

Ninara und ihr Vater kommen auf Enola zu, um sie in die Arme zu schließen. Enola kann Freude, Anerkennung und Dankbarkeit in ihren Gesichtern entdecken und in ihren Umarmungen spüren.

„Meine Spuren zeigen euch den Weg hinaus. Richte deinem Freund meinen Dank aus, Ninara. Er wartet vor dieser Höhle." Müde neigt Enola den Kopf zur Seite. „Lebt wohl!"

„Wir werden dich nie vergessen, Enola. Hab tausend Dank." Freudentränen verschleiern Ninaras Blick. Sie und ihr Vater verneigen sich zum Abschied vor dem Eisdrachen. Dann gehen sie Hand in Hand Enolas Spuren nach und führen die Karawane der Tiere hinaus zu dem erschöpften grünen Drachen.

Er sitzt auf dem Gletscher. Seine versengten Flügel hängen traurig im Sonnenlicht. Es wird einige Zeit dauern, bis sie heilen. Aber seine dunkelgrünen Augen leuchten bereits wieder und strahlen seine Freunde an.

*

Der Eisdrache senkt sein mächtiges Haupt zu Enola hinab und seine kalten Gedanken lassen Worte voller Wärme in ihrem Kopf entstehen. „Ich bin froh, Menschen wie euch zu kennen."

Enola berührt vorsichtig die gefrorenen Schuppen seines Kopfes. Kalt, so kalt.

„Geh nach Hause, Enola, geh nach Hause."

Sanft klingen die Gedanken des Eisdrachen, wie ein Schlaflied. Enola schließt ihre Augen und goldgrüner Nebel hüllt sie ein.

Verschollen

Hans' Nerven sind zum Zerreißen gespannt. Er schaut vom Piloten zu Naubert. „Verdammt! Was für Bestimmungen? Wir sind doch hier nicht in Deutschland! Wieso darf er bei Gewitter nicht fliegen?" Hans hat nahezu jede Rücksicht verloren. Er hat eine Idee und sie muss funktionieren. „Meine Tochter ist da oben, allein. Und wenn er denkt, das Wetter sei schlecht, ist es ein Grund mehr, nicht noch länger zu warten! Sagen Sie es ihm, verdammt noch mal!"

Hans wendet sich ab und humpelt durch das Zimmer. Wieso hat er nie richtig französisch gelernt? Zornig schlägt er sich mit den Fäusten gegen die Oberschenkel. Er muss ruhig bleiben. Seine Unbeherrschtheit bringt überhaupt nichts. Etwas friedlicher wendet er sich um und … starrt am Piloten vorbei aus dem Fenster. Mit zitternder Hand zeigt er nach draußen. „Le soleil!"

Plötzlich scheint die Sonne ins Tal. Naubert und der Pilot drehen sich um. Der Franzose beugt sich bis an die Scheibe vor und schaut nach oben zum Berg. Zwischen freundlichen Wolken steht die Sonne über den Grands Montets. Er dreht sich um und fordert zum Gehen auf. „Monsieurs, allons-y!"

Kurz darauf hebt der Helikopter ab und zieht steil an der Bergflanke nach oben. Hans spürt ein leichtes

Kribbeln im Bauch. Er sitzt hinten und schaut zwischen dem Piloten und Naubert hindurch auf die Berge. Sie kommen schnell näher. Unter ihnen liegt der Gletscher von Argentière. Mit einem Mal taucht die Seilbahnstation auf. Sie verschwindet schnell aus Hans' Blick, als der Pilot darüber hinwegfliegt. Der Pilot und Naubert tragen Kopfhörer. Sie wechseln einige Worte. Dann dreht sich Naubert zu Hans um. „Da vorn ist eine Lawine heruntergekommen. Wir fliegen hin."

Hans wird kreidebleich. Hastig löst er seinen Sicherheitsgurt und stürzt zum Seitenfenster. Fieberhaft versucht er irgendetwas zu erkennen. Blendend weißer Schnee bedeckt eine weite Fläche des sonst grauen Gletschers. Auf der Ebene eines Gletscherbuckels ist der Großteil des Schnees zum Erliegen gekommen. Aber Ausläufer der Lawine ziehen auch den Steilhang hinab. Der Pilot steuert den Helikopter knapp über dem Boden, so dass Hans sehen kann, wie die schnelle Drehung des Rotors den Schnee aufwirbelt. Langsam sucht der Pilot die Unglücksstelle ab.

„Da ist ihr Rucksack! Gehen Sie runter!" Ungeduldig reißt Hans eine Schneeschaufel aus ihrer Halterung.

„Warten Sie!" Naubert dreht sich um. „Er landet weiter oben!"

Hans zerrt an der Schiebetür. Die Sekunden bis zum Aufsetzen der Landekufen kommen ihm wie eine Ewigkeit vor. Endlich gleitet die Tür zur Seite und er springt hinaus. Hans achtet nicht auf seinen verletzten Fuß und rast den Hang hinab. Zweimal bleibt er im lockeren Schnee stecken und überschlägt sich, aber jedes Mal springt er sofort wieder auf und rennt weiter. Dann zerrt er den Rucksack aus dem Schnee. Es ist Enolas Rucksack. Achtlos lässt er ihn fallen und sucht die Umgebung ab. Unter sich im Gletscher hört er ein eigenartiges Knacken. Es verstummt wieder. Hans misst dem keine Bedeutung bei, denn auf einmal entdeckt er eine Wespe. Sie kreist über einem kleinen Hügel. Hans stutzt. Hatte er nicht im Tal nach ihrem Unfall eine Wespe bei Enola gesehen? Hatte sie nicht von einer Wespe gesprochen, als sie von ihrem Traum erzählte?

*

Enola schlägt die Augen auf. Kälte durchdringt ihren Körper. Es ist nicht dunkel, aber erkennen kann sie auch nichts. Alles scheint ihr so nah. Dann erschrickt sie. Sie kann sich nicht bewegen. Panik überkommt sie. Enola ist eingesperrt in einem Gefängnis aus Schnee. Sie will um sich schlagen, mit den Beinen treten. Es geht nicht, der Schnee hält sie gefangen. Dann beginnt sie zu schreien. Aber kein Laut verlässt ihre Lippen.

Plötzlich hört sie das Knirschen von Schnee. Es klingt so fern, so unwirklich, aber es wird lauter. Stimmen? Sind da Stimmen? Hört sie ihren Namen? Ja. Ja! Jemand ruft nach ihr. Doch sie kann nicht antworten. Sie kann gar nichts tun, außer abzuwarten. Endlich spürt sie den Druck an ihren Beinen, einen Schlag am Oberschenkel und im selben Moment erkennt sie die Stimme ihres Vaters.

„Ich habe sie! Vorsicht mit der Schaufel!"

Auf einmal kann sie ihre Beine bewegen, bald ihren linken Arm und dann drückt und windet sie sich aus ihrem eisigen Gefängnis heraus. Von ihrem Vater wird sie auf die Beine gezogen. Der Reporter steht strahlend daneben. Über ihnen schwirrt eine Wespe im warmen Sonnenlicht.

„Ich hab … ich habe …" Enola verstummt, als ihr Vater sie an sich drückt. Kurzzeitig ist es ganz still um Enola. Sie genießt die Geborgenheit in den Armen ihres Vaters. Aber was ist das für ein Geräusch?

Ein Motorengeräusch! An ihrem Vaters vorbei starrt Enola auf den Helikopter. Langsam dreht sich der Rotor im Stand. Oh nein! Ihr wird mit einem Mal alles wieder bewusst. Die Lawine, der See unter dem Eis, die Gletscherspalte. Der Helikopter steht auf der von der Lawine bedeckten Gletscherspalte. Genau unter ihm liegt der Eissee.

Enola kann sich vor Kälte kaum bewegen. Auch das Sprechen fällt ihr schwer. Aber ihr Vater sieht die Panik in ihrem Gesicht, als sie sich von ihm wegdrückt und zitternd auf den Hubschrauber zeigt. „Eine Spalte … darunter liegt ein See … unter uns … alles hohl!" Sie hält die Hände vor den Mund und haucht hinein. Die Wärme ihres Atems bringt ein wenig Gefühl in ihre Lippen. „Unter uns ist ein Eissee. Wir müssen hier weg!"

„Was für ein See?" In Nauberts Stimme liegt Furcht. Seine Worte werden von einem spröden Knacken begleitet. Das dumpfe Geräusch kommt von überall her zugleich.

„Das ist unter uns!" Hans steht eigenartig still. Dann stößt er den Reporter an. „Zum Hubschrauber, schnell! Er soll starten! Und nehmen Sie den Rucksack mit!" Dann wendet er sich an Enola. „Wir laufen bergab!"

„Nein!" Enolas Schrei lässt Hans innehalten. „Der See ist riesig. Der gesamte Gletscher ist hohl."

Bevor Hans nachdenken kann, zieht Enola ihn in Richtung Helikopter. Das Laufen fällt ihr schwer. Sie sieht, wie Naubert ihren Rucksack aufhebt und bergauf vor ihnen herrennt. Sie hätte nie gedacht, dass der Reporter so schnell laufen kann. Ein weiteres Knacken unter ihnen treibt ihn noch einmal an. Enola sieht, wie Naubert in die Maschine springt. Kurz darauf wird das Motorengeräusch lauter. Der Rotor kommt auf Touren, Schnee wirbelt auf und verhüllt den Hubschrauber.

Enola kann nicht schneller werden. Der Frost steckt ihr in den Gliedern. Ihr Vater stützt sie, so gut es sein verletzter Fuß erlaubt.

Naubert kann durch das Schneegestöber nicht mehr viel sehen. Er überlegt, ob er wieder hinausspringen soll, um den beiden zu helfen. Aber schon geht ein Ruck durch die Kabine. Als der Helikopter die vollen Touren erreicht, bricht seine rechte Landekufe ein. Naubert wird in Richtung der offenen Tür geschleudert. Mit einem Aufschrei fängt er sich am Türrahmen ab. Augenblicklich spürt er, wie die Maschine zu schweben beginnt. Aber die Schräglage bessert sich nicht.

Enola erstarrt, als der geneigte Helikopter aus dem Schneegestöber direkt auf sie zufliegt. Die kreisenden Rotorblätter zerpflücken den Schneeschleier und berühren einen Steinwurf vor ihr den Boden. Schneeklumpen werden in alle Richtungen gestreut. Ihr Vater schließt Enola schützend in seine Arme.

Dem Piloten gelingt es, die Maschine hochzureißen. Naubert stolpert von der Tür weg und kommt zwischen den hinteren Sitzen zu Fall. Der Windzug der Rotorblätter nimmt Enola und Hans den Atem. Kurz vor ihnen schneiden sie durch die Luft und der Rumpf des Helikopters kommt auf sie zu. Dann spüren sie, wie sie den Boden unter den Füßen verlieren. Die Decke der gigantischen Eishöhle bricht zusammen. Aber bevor sie in die Tiefe stürzen, schwingt ihnen die Landekufe des Hubschraubers entgegen. Verzweifelt versuchen sie sich festzuhalten. Naubert wirft sich an der offenen Tür auf den Boden und ergreift mit beiden Händen Enola und Hans an ihrer Kleidung. Sein Blick bleibt starr auf die einstürzende Gletscherblase gerichtet.

Mit dem Gefühl jahrelanger Erfahrung lässt der Pilot seine Maschine Richtung Seilbahnstation schweben. In wenigen Sekunden liegt das Eisinferno hinter ihnen.

*

Einzig die Wespe beobachtet das dramatische Schauspiel. Sie sieht, wie der riesige Brummer der Menschen über der zusammenbrechenden Eisdecke dahinschwebt. Laut klatschend stürzen riesige Eisplatten in den unterirdischen See. Die Wespe fliegt in der dünnen Luft mühsam etwas höher hinauf. Wasser spritzt in haushohen Fontänen nach oben. Herabstürzende, sich drehende Platten zerschlagen bereits schwimmende Inseln aus Eis, um dann in den Fluten zu versinken und einen Augenblick später wieder aufzutauchen.

An der Station kommt eine Seilbahn an. Oberhalb des Gebäudes setzt der Menschenbrummer auf. Zufrieden beobachtet die Wespe das Mädchen. Ihre Aufgabe ist erfüllt. Nun wird die Wespe versuchen in dieser Welt eine neue Heimat zu finden. Zuversichtlich schwirrt sie über den Gletscher ins Tal. Sie erblickt blühende Wiesen und grüne Wälder.

*

Enola gleitet vor der Seilbahnstation von der Landekufe. Der Windzug der Rotorblätter lässt sie neben ihrem Vater straucheln. Der Hubschrauber entfernt sich, um etwas weiter oben zu landen. Gern lässt sich Enola von ihrem Vater aufhelfen. Sie dreht sich um und fällt ihm um den Hals. Sie haben es geschafft! Sie hat es geschafft! Sie könnte jubeln und schreien, aber als sie zum Eissee hinüberschaut, spürt sie ihre weichen Knie.

Zwei Techniker der Seilbahnstation bringen ihnen Decken und reden aufmunternd auf sie ein. Die Worte, die sie nicht verstehen, klingen wie Musik in ihren Ohren.

Naubert kommt vom Helikopter herüber. Hans wendet sich ihm zu. „Sie waren große Klasse! Danke, danke für alles. Ich werde das nicht vergessen."

„Gern geschehen! Wenn ich jetzt noch eine gute Story bekomme …"

„Genügend Aufmerksamkeit haben Sie bereits." Hans deutet auf die Menschen, die soeben mit der ersten Seilbahn angekommen sind.

Sie verteilen sich auf den Aussichtsplattformen und zeigen aufgeregt mit ausgestreckten Armen auf den Eiskrater, dann auch auf den Hubschrauber. Doch eine Person steigt langsam, Stufe für Stufe, die Eisentreppe hinab. Sie läuft ein wenig gebeugt und hält sich verkrampft am Geländer fest.

„Der Pilot meint, er müsse gleich wieder starten. Wenn ihr zurück ins Tal fliegen wollt, sollten wir …" Naubert klingt ungeduldig.

Aber Enola stürzt auf einmal zur Treppe hinüber. „Lisann! Lisann!" Und jetzt schreit und jubelt sie so laut und ausgelassen, dass jeder hier oben den Kopf wendet und beobachtet, wie sie Lisann entgegenläuft. Soweit es die Steigeisen an ihren Schuhen erlauben, tobt sie in Freudensprüngen über den Gletscher und springt Lisann in die Arme. „Ich hab es geschafft, Lisann. Ich hab es wirklich geschafft!"

„Enola! Ich habe noch nie … noch nie in meinem ganzen Leben einen glücklicheren Moment erlebt als diesen. Als dich gesund wiederzusehen." Lisann blinzelt in die Sonne. Es scheint, sie wundere sich ein wenig über das schöne Wetter. Dann schaut sie zum Gletscher hinauf. „Ist das Buch dort oben? Hast du es …" Wieder überkommt sie der Husten.

„Ich habe es zurückgebracht."

Lisann starrt sie ungläubig an. „Wohin zurück?"

„Zurück in die andere Welt, in diese Traumwelt, aus der es mit deinem Großvater in unsere kam. Sie heißt Naterra."

Lisann bringt kein Wort heraus.

„In Naterra haben wir das Buch zerstört. Ein Eisdrache …"

„Wir müssen zum Hubschrauber." Hans hinkt auf sie zu und winkt.

Lisann schaut unsicher zu Boden. Sie kann Hans nicht in die Augen sehen. Sicher ist alles gut gegangen, aber sie hat seine Tochter in Gefahr gebracht, und auch ihn. Sein Rucksack liegt irgendwo unterhalb der Zugspitze. Sein Auto ist ein Wrack. Sein Fuß ist verletzt. Nur Unglück hat sie ihnen gebracht. All das lastet schwer auf ihr. „Hans, es tut mir leid … alles, was passiert ist …"

„Also, der Krater da drüben kommt vom Hubschrauber …" Hans findet seinen Humor schnell wieder.

Enola muss lachen und Lisann schaut ihm scheu in die Augen.

„Aber …" Hans' Stimme klingt gespielt streng, „… da wäre die Sache mit meinem Rucksack und die mit unserem Auto und ‚auf meine Tochter aufpassen' habe ich mir auch anders vorgestellt, als ihr dieses Seilbahn-Kabinen-Springen zu erlauben. Na jedenfalls lassen wir dich nicht so einfach gehen. – Du kannst gern mit uns hinunterfliegen, wenn es dir nichts ausmacht dein Seilbahnticket verfallen zu lassen. Aber wir sollten uns beeilen. Der Naubert ist schon ungeduldig. Der will seine Story schreiben. Da kommt es auf jede Minute an. Damit seine Zeitung ja die erste ist, die es herausbringt."

Erlöst schlingt Lisann die Arme um Hans. „Danke!"
„Wofür?"

Aber Lisann antwortet nicht. Sie strahlt Enola an und streckt ihr eine Hand entgegen.

Als er sieht, wie sich die drei umarmen, ist auch Naubert für einen kurzen Moment gerührt. Dann mahnt er zum Abflug. Naubert steigt wieder vorn in den Helikopter, Enola, Lisann und Hans sitzen hinten. Dann beugt sich Hans zum Piloten vor und versucht den Dank zu wiederholen, den Lisann ihm gerade übersetzt hat. „Je vous remercie. C'est genial! Super!" Der Pilot nickt ihm freundlich zu. „De rien. Avec plaisir."

Lisann übersetzt. „Bitte sehr, es war mir eine Freude!"
Übermütig zieht der Pilot die Maschine steil nach oben, lässt sie dann über die rechte Seite knapp vor einem Felsgrat abkippen und fliegt eine enge Wende direkt in den Eiskrater hinein. Der See ist mit Eistrümmern gefüllt. Friedlich treiben sie auf dem glasklaren Wasser. Sonnenlicht wird von den riesigen, blau schimmernden Platten reflektiert. An einigen Stellen glitzert die Wasseroberfläche wie ein Diamant. Bizarre Kanten bilden den oberen Rand zum Gletscher.

Während der Helikopter wenige Meter über den Eisrand hinwegschießt und das Tal ansteuert, kramt

Naubert neugierig in Enolas Rucksack. Schließlich hält er ein knallrotes Buch in die Höhe. Der Leinenumschlag ist kunstvoll verziert. „Ist es das?"

Hans stockt der Atem.

Enola antwortet zuerst. „Ja."

Aber Naubert will die Antwort von Hans hören. Er schaut ihn an. „Hans?"

Völlig verwirrt beginnt Hans zu nicken. „Ja, das … ist das Buch. Aber …" Verwirrt schaut er Enola an. Dann spürt er, wie Lisann ihm mehrmals auf den Fuß tritt.

„Erzählen Sie mir jetzt die ganze Geschichte?"

„Klar." Hans ist noch immer durcheinander und sucht nach einem Anfang.

Naubert ist ungeduldig. „Oder steht alles hier drin?" Neugierig schlägt er das Buch auf, aber alle Seiten sind leer. Hektisch blättert Naubert das Buch durch.

Ungläubig starrt Hans ihm über die Schulter.

Dann schaut Naubert in die Runde. „Was soll das? Das Buch ist leer."

Enola antwortet ihm mit beschwörender Stimme. „Natürlich ist es leer. Es ist doch ein Zauberbuch!"

*

Vier Wochen später erklettern Lisann und Hans, Enola und Finn den zerklüfteten Gipfelgrat der Petite Aiguille Verte. Sie blicken staunend zum Eiskrater, der mit kristallklarem Wasser gefüllt ist.

Enola stößt ihren Bruder an. „Na, ist der Gipfel trotz der Seilbahn in Ordnung?"

Finn wischt sich den Schweiß von der Stirn. „Ist schon okay." Dann betrachtet er die Menschen an der Seilbahnstation. „Keiner der Touristen wird uns über den Gletscher folgen. Prima Tour!"

Dann kramt Hans aus seinem Rucksack ein Stück Papier hervor. „Ich hab hier einen neuen Zeitungsartikel."

„Wieder vom Naubert?"

„Klar!"

„Der fünfte?"

„Nein, ich glaube schon der sechste!"

„Enola, du bist echt berühmt."

Nachdem er vorgelesen hat, reicht Hans Trinkbecher herum. „Kleiner Schluck gefällig, auf unseren Gipfelerfolg?"

Lisann schwenkt eine Flasche alkoholfreien Sekt im Sonnenlicht.

„Hurra! Schenk ein."

„Auf Lisann!" Enola hält ihren Becher in die Höhe.

„Und auf Enolas Eiskrater!" Finn steht auf und balanciert auf dem Gipfelgrat.

„Und auf Lisann!" Hans drückt ihre Hand.

„Auf meine neuen Freunde!" Lisann strahlt zurück.

Und sie leeren ihre Becher in einem Zug.

ENDE

Bildnachweis

Bildnachweis

Bilder von Andre Pfeifer
Am Computer bearbeitet

Schlusswort

Ohne die Hilfe anderer Menschen würde ich die Geschichten aus der Traumwelt Naterra nie erzählen können. Christian Wiesel hat in seinem Verlag Wieselflink mein erstes Buch verlegt und ich habe ihm vieles zu verdanken. Resi danke ich für ihre ehrliche Kritik an meinem Manuskript. Meine Lektorin Irina führte mich sicher über das Gebirge der deutschen und französischen Sprache. – Merci beaucoup! Und ein riesen Dankeschön an meine Kinder Maximilian und Nicole für ihre tapfere Begleitung während unzähliger Bergwanderungen und Gipfelbesteigungen.

Der größte Dank aber gilt Dir, weil Du das Buch gelesen hast. Ich hoffe Du hattest Freude an dieser Geschichte und kannst sie weiterempfehlen.

Unter kontakt.pfeifer@gmail.com bin ich für Hinweise und Kritik erreichbar.

Herzliche Grüße
Andre Pfeifer

Der Vorgänger des vorliegenden Buches
Die Geschichte von der Suche nach den Schwertern
der vier Elemente, von der Versuchung ihrer Macht,
von Hass, Freundschaft und Liebe …

Taschenbuch, 170 Seiten, 7,90 €
ISBN 978-3-7543-8527-2

Die Fortsetzung des vorliegenden Buches
Verfolgt von Schlangen und dunklen Kriegern sind
Enola und Wyn auf der Suche nach dem Schwert des
Wassers. Seine Magie könnte ein im Krieg
verwüstetes Land wieder erblühen lassen …

Taschenbuch, 292 Seiten, 9,90 €
ISBN 978-3-7386-2162-4